Gerhart Hauptmann

College Crampton

Komödie in 5 Akten

Gerhart Hauptmann

College Crampton
Komödie in 5 Akten

ISBN/EAN: 9783743408623

Hergestellt in Europa, USA, Kanada, Australien, Japan

Cover: Foto ©Andreas Hilbeck / pixelio.de

Manufactured and distributed by brebook publishing software (www.brebook.com)

Gerhart Hauptmann

College Crampton

GERHART HAUPTMANN

College Crampton

Komödie in 5 Akten

Vierte Auflage

Berlin
S. Fischer, Verlag
1896.

Personen.

Prof. Crampton, Lehrer an der Kunstakademie,
Gertrud Crampton, seine Tochter,
Agnes geborne Strähler, verwittwete Wiesner.
Adolf Strähler,
Max Strähler,
Prof. Kircheisen, ⎫
Architekt Milius, ⎭ Lehrer an der Akademie,
Janetzki, Pedell,
Popper, Kunstakademiker,
Feist, Restaurateur,
Kaßner, Wirth einer Kneipe niedriger Sorte,
Kunze,   ⎫
Seifert, ⎭ Malermeister,
Selma, Kellnerin,
Weißbach, ⎫
Stenzel, ⎭ ältere Akademiker,
Löffler, Dienstmann, Faktotum bei Crampton,
Ein Dienstmann, Modell,
Etwa zwanzig Malschüler des Professors Crampton.

Erster Akt.

Das Atelier des Professor Harry Crampton in der Kunstakademie einer größeren, schlesischen Stadt. Ein weiter und hoher Raum, dessen rechte Seitenwand zwei große Atelierfenster einnehmen. Eine Thür vorn links und in der Hinterwand. Unter jedem der Fenster steht ein gothischer Tisch, bedeckt mit Cartonrollen, Pinseln, Aquarellkästen, Tuchen, Paletten, Malstock 2c. in malerischer Unordnung — und geziert mit mehreren Bronzen. Auf dem linken Tisch der trunkene Faun von Herculanum, auf dem rechten der Silenus von Pompeji. Am Mittelpfeiler zwischen beiden Fenstern ist ein vollkommenes, menschliches Skelett aufgestellt dessen Schädel von einem verwegen in den Nacken gerückten, mächtigen „Künstlerhut" bedeckt wird. Die Wand hinten ist mit Gobelins bekleidet, die bis hinter einen niedrigen, persischen Divan reichen. Vor dem Divan ist ein Tigerfell ausgebreitet, darauf ein gothischer Betstuhl steht. Auf dem Betstuhl liegt eine mächtige Bibel in altem Schweinslederband. Der übrige Theil der Wand ist von einem gothischen Schränkchen und mehreren gothischen Kirchenstühlen eingenommen.

Der obere Theil der linken Wand ist mit einem Cartonfries bezogen, der in Kohle ausgeführt ist und einen Mänadentanz darstellt. Im übrigen hängen an dieser Wand Oelbilder und Studien, während unten an ihr eine gothische Truhe, der Apoll von Belvedère und andere Kunstgegenstände sich aneinander reihen. Man bemerkt auf den Staffeleien einige angefangene phantastische Bilder, deren eines Mephisto und den Schüler darstellt. Die Dielen des Ateliers bedecken gute Teppiche. Tabourets, Stühle in verschiedenen Formen und aller sonstiger Atelierhausrath ist vorhanden. Gasbeleuchtung. Eine verschiebbare Pappwand trennt die Sofaecke von dem übrigen Atelier.

Professor Crampton liegt mit heraufgezogenen Beinen schlafend auf dem Divan.

Er ist ein mittelgroßer Mann, hoher Vierziger, zart und mit dünnen Beinen. Auf seinem rabenschwarzen Haar sitzt ein Fez. Der Schnurrbart, sowie der dichte Backenbart sind ebenfalls tief schwarz. Seine Augen quellen hervor, haben oft einen öden und stieren Ausdruck und verrathen den Trinker. Er vermeidet es, wenn er spricht, fast immer, die Menschen anzusehen; bei Anreden blickt er an ihnen vorbei. Umhergehend heftet er die Augen meist auf den Boden. In seiner Kleidung ist der Professor verwahrlost. Oft muß er mit einem Griff die trichterförmigen, weiten Beinkleider heraufrücken; sein Sammtjaquet ist abgeschabt, und seine türkischen Pantoffeln sind verblichen.

Es pocht an die Thür links. Hinter der Thür rechts hört man Menschen ruhig umhergehen, Grüße austauschen, zuweilen Lachen rc.; auch werden Stühle hin- und hergerückt.

Es pocht zum zweiten Mal.

Crampton (aus dem Schlaf, mit heiserer Stimme): Herr... Herein!

Dienstmann Löffler (tritt ein): Gu'n Morgen, Herr Professor!

Crampton (grunzt, bewegt sich aber nicht).

Löffler (tritt etwas näher und spricht lauter): Gu'n Morgen wünsch' ich, Herr Professor!

Crampton: Guten Morgen!

Löffler (packt den Professor an, rüttelt ihn): Herr Professer! Herr Professer, heren Se nich? de Schiler sind ja schon da.

Crampton: (setzt sich mit einem Ruck auf und schaut blöde um sich): Wie... wie spät m—mag's wohl sein, Löffler? Wie? — was sagen Sie?

Löffler (grob). Schonn iber achte is's. Heren Sie nich? De Schiler sind ja schonn im Aktsaale.

Crampton: Acht durch? (Er erhebt sich, geht nachdenklich bis in die Mitte des Zimmers, nimmt mit der linken das Fez ab und kratzt sich mit der Rechten leise den Hinterkopf.) Hm! (Er sieht Löffler an.) Is denn heut Abendakt?

Löffler (indem er die Markisen an den Fenstern herunterläßt, darauf den Gashahn ausdreht): Nu Jeses, Jeses! 's is doch aber heller Tag. Mer haben doch Morgen und nich Abend, Herr Professer!

Crampton: Heilige Dummheit! heilige Dummheit! haben Sie mich denn gestern nich nach Hause geführt, Löffler?

Löffler. Na, wollten Se denn? Hab' ich's Ihn nich gesagt, mer wollten nach Hause gehn? Aber Sie warn doch zu nischt zu bringen.

Crampton (in seinem Aerger umher gehend, weinerlich): Aber Löffler, Löffler, das is ja eine verfluchte Geschichte, das is ja eine verfluchte Geschichte! Was wird meine Frau sagen? Aber, lieber Löffler, ...

Löffler (ungeschlacht): Nu ich hab's Ihn gesagt, beim dritten Korb Bier, da wollt ich schonn nich mehr gehn. Da hab ich zu Ihn gesagt: Herr Professer mer missen nach Hause gehn, sonst läßt uns Ihre Frau nich mehr rein, hab ich Ihn noch gesagt. Und da haben Se mich angeprillt und zu Hause geschickt.

Crampton (händeringend): Mein Allerliebster, mein Allerbester! — und ich wollte noch gehen. Und da haben sie mich noch mitgeschleppt, die wüsten Kerle. In die Stadt Venedig, in die . . . Ach was weiß ich! (Es wird an der Thür rechts gepocht.) Na ja doch, ja doch! ich komme ja gleich. (Es pocht wieder.) Was is denn los? Laßt mich doch blos mal zu Athem kommen. Ein Hundeleben hat so ein Schulmeister. So fangt doch an, malt, pinselt drauf los.

Mehrere Stimmen (rufen durcheinander): Wir haben kein Modell, wir haben kein Modell!

Popper (ein junger Akademiker, ein Wiener — Kraushaar, feines Bärtchen elegante Kleidung. Spricht wienerisch): Gummoin, Herr Professor! Entschuldigen Sie gitigst. Wir sind olle versommelt, nur's Modell fehlt. Ich wollt mir mol zu fragen erlauben . . . .

Crampton: Hi, 's is eine Noth, eine Noth, lieber Popper ....! Kein Mensch ist zuverlässig! Jedem möchte man nachlaufen. Ich habe den Mann bestellt für heut Morgen. Pünktlich — pünktlich, lieber Popper.

Löffler: Das is nu ni wahr, Herr Professor! Noch nich e mal angesehn haben Se sich den Mann.

Crampton: Nicht? Dann verwechsle ich das. Na da sehen Sie, lieber Popper, nicht mal dazu kommt man. Es ist entsetzlich. (zu Löffler.) Na, wo is denn nu der Mann, wo is denn nu der Mann?

Löffler: Ich docht mersch doch balde ....

Popper: Wenn Sie sich's dachten, hätten Se den Mann doch mitgebracht.

Löffler: Nu ich hab'n doch mitgebracht.

Crampton (ungeduldig, heftig): So'n dummer Kerl, so'n dummer Kerl (ohne Löffler anzusehen). Da steht er hier und glotzt uns an. Na, so gehen Sie doch und bringen Sie den Menschen. (Löffler ab.) Rauchen Sie lieber Popper?

Popper: Ich thät's schon gern, aber wenn's nur erlaubt wär'.

Crampton: Ach ja, die Akademie und die Akademie und immer die Akademie. Hols dieser und jener! (Er raucht in großen Zügen.) Ich weiß überhaupt nicht, wie lange ich's hier noch aushalten werde. Ich habe Pläne. Es paßt mir nicht mehr. (bedeutsam) Ich habe Pläne, lieber Popper. Sie wissen ja, die Kaiserin von Rußland protegiert mich (leichthin). O! eine sehr kunstsinnige Dame! Sehen Sie, ich bin nun zehn Jahre in diesem Nest. Da kann man genug haben. Wie? Man versauert. Wie? Man versauert schlechterdings. — Es ist auch so manches nicht nach meinem Geschmack. Wenig Talent unter den Schülern und unter den Lehrern schon garnicht. Diese Collegen, ha, ha! Dieser Director! ho, ho ho! — O! 'n ganz guter Mann. Frißt keine Stiefelsohlen ... nicht? (Popper lacht.)

(Löffler erscheint. Er bringt einen andern, ein wenig verbutteten Dienstmann vor sich her.)

Crampton (ohne den Mann richtig in's Auge zu fassen): Kommen Sie mal her, Mann! (Der Dienstmann gehorcht. Der Professor fixirt den Stillstehenden, blickt Popper an, dann wieder das Modell, dann Löffler, dann wieder Popper und bricht endlich aus): Furchtbar komisch! Furchtbar komischer Kerl! Wie, Popper? Furchtbar komisch! (Zu Löffler.) Und er will Modell stehen?

Löffler (aufgebracht): Nu das heßt . . . .! Der Mann is nurr gutt. Greifen Se doch den seine Muskeln a mal an. (Er begreift seine Arme) Wie Steen so harte. Der Mann hat neun Kinder, Herr Professer. (Zu dem Dienstmann). Nu August, Du bist aber och zu tumm. Du sist ja orntlich picklich aus. Was hast denn Du wieder in der Blouse stecken? (Fortwährend raisonirend nimmt er ihm nach und nach aus der Blouse über dem Gürtel das dicke Frühstücksbrod, ein Pack Schnuren, einen vollen Tabacksbeutel, eine Tabackpfeife, mehrere Streichholzschachteln, sowie zwei Wichsbürsten.) Wenn De willst hier a Geschäfte machen, da mußt de a bissel a gewichtes Uftreten haben. Immer atent, August! Ne, ne, Herr Professor, den Mann sehn Sie sich erst mal nackicht an, der . . . .

Crampton (indem er unter dem Divan hervor aus dem Verborgenen, eine Flasche nimmt und etwas in einen metallnen Becher gießt): Ziehen Sie mal runter. (Er trinkt, verbirgt Flasche und Becher an dem alten Ort, geht ein mühsames Lächeln im Gesicht, auf Popper zu und sagt:) Ich muß China= wein trinken, mein Lieber. Dem Arzt muß man folgen. (Er seufzt schwer.) Was will man machen? (Er seufzt wieder.) Der Magen, der Magen! Es ist ein Jammer.

Der Dienstmann (Zu Löffler, der ihn vergebens durch Ziehen und Geflüster aufgefordert hat, sich zu entkleiden, mit plötzlichem Entschluß): Ne Karle, das kann mer nich passen.

Löffler: Nu August, wenn de willst a so zimperlich sein, da hast de hier freilich ke Glicke nich. Gelt ock, Herr Popper? 'Sis ja scharf gehezt im Saale.

Crampton (Die Zigarre neu anrauchend, die ihm in der Zerstreutheit oft ausgeht): Avanti, avanti! Marsch in den Aktsaal. Nehmen Sie ihn mit, Popper. (Popper faßt lachend den Dienstmann unter und führt ihn nach rechts ab.) Machen Sie Knochenstudien. Furchtbar komisch! (Sobald Popper mit dem Dienstmann durch die Thür verschwunden ist, findet im Aktsaal ein allgemeiner Heiterkeitsausbruch statt.)

Crampton (Streicht seinen Bart, räuspert sich, ergreift den Malstock und wirft, wie wenn er etwas suchte, die Gegenstände durcheinander; dabei macht er mehrmals mit einem kurzen Blick auf Löffler, diesem eine befehlende Geste, die zugleich auf einen Atelierwinkel weist, jedoch auf Löffler keinerlei Wirkung auszuüben scheint. Dessen wird der Professor inne und wendet sich sogleich mit einem plötzlichen und erstaunten Ruck): Sind Sie taub, Löffler?

Löffler: Ne, Herr Professer.

Crampton: Fehlt Ihnen sonst was?

Löffler: Fehlen thut mir nischte, aber .... (Er dreht seine Mütze.)

Crampton: Na, aber? aber?

Löffler (Nachdem er einige Secunden gedrückt hat): 'n Cognac will ich Ihn holen, Herr Professer, aber Bier ... da muß ich Geld mitbringen, sonst krieg ich keens. Ich mag schon garni mehr nibergehen, soviel Wesens machen die Leute jedesmal. Er mag noch gehen, aber die alte, dicke, das is gar a Best.

Crampton: Legen Sie die Mark aus, Löffler, und setzen Sie's auf Rechnung.

Löffler: Herr Professer, ich hab halt och nischt ibrig. Sehn Se die Leute .... die könnten viel eher) was ibriges thun. Was kommt's den Leuten uf die sechzig Mark an, die mer'n schuldig sind.

Crampton: Na, Sie werden doch noch) ne Mark in der Tasche haben, Löffler?

Löffler: Ne wirklich, ich hab's bald nich mehr. Und wenn meine Frau nich so ufpaßte; aber die is doch hinter jeden Fennige her, wie e Schißhund. Und ma' kann's wirklich och zu schlecht entbehren. 's sein nu doch och schonn wieder zweiundzwanzig Mark und sechzig Pennige, was ich ausgelegt hab.

Crampton: Na, Löffler, der erste . . . .

Löffler: Ja, wenn Ihre Frau ni wär, Herr Professer; Aber die geht Ihn am erschten doch a ganzen Tag nich vom Leder. Was soll da fer unser en'n ibrig bleiben.

Crampton (in seinem weinerlich nörgelnden Tone): Ach, Löffler, Löffler! Sie ennuyiren mich schrecklich. Sie langweilen mich. Ich will malen und Sie langweilen mich. Statt daß Sie mir die Pinsel gewaschen hätten, langweilen Sie mich. Ich weiß nicht . . . . So gehen Sie doch Mensch! Gehen Sie doch Ihrer Wege. (Er wirft Gegenstände umher.) Man vernachlässigt mich. Nichts ist in Ordnung. Ein Staub fußdick, puh. Pfui Deuwel! Man kriegt noch die Schwindsucht in dieser Höhle, in dieser Stubenmalerakademie. (gebieterisch) Da ist der Korb. (Er zieht einen Flaschenkorb irgendwo hervor und giebt ihn dem Dienstmann in die Hand.) Und nun keine Redensarten, mein Verehrter.

Löffler (achselzuckend): Herr Professer und wenn ich och wollte, mei ganzes Vermögen . . . .

Crampton: Pßst! — (umhergehend, obenhin.) Dort ist 'n Teppich, — der muß gewaschen werden. —
(Er senkt beide Hände in die Taschen und pfeift eine Melodie aus Boccaccio marschirt danach, hält sich einen Augenblick einen Handspiegel vor, marschirt darauf weiter im Zimmer herum und pfeifend, mit erhobenem Kopfe, ab in den Altsaal.
Löffler ist inzwischen niedergekniet, hat einen kleinen, persischen Teppich zusammengerollt und auf die Schulter gehoben. Wenn der Professor verschwindet steht auch er im Begriff, sich, in der Rechten den Bierkorb, mit der Linken den Teppich auf der Schulter haltend, zu entfernen. Da kommt Janetzki, der Pedell von links.)

Janetzki, (hünenhafter Kerl, mit slavischem Gesichtstypus, ohne Kragen an mitgenommenen Kleidern und klobigem Schuhwerk. Er hat in der Hand ein amtliches Schreiben. Spricht ein unvollkommenes Deutsch): Wo ist Professer?

Löffler: O, ich weeß nich. (Er will an Janetzki vorüber.)

Janetzki: He, he! — wohin schleppen Teppich, Löffler?

Löffler: Ach was, Pollack, geh' aus dem Wege!

Janetzki: Bin ich Pollack — gut! — is Pollack gut zu Geld geben Professor; muß Pollack auch sein gut, wieder zu kriegen Geld.

Löffler: Was kimmert denn mich das, was Sie mit'n Profesfer haben.

Janetzki: Gut, werd ich nicht lassen forttragen Sachen Profesfer. Gut kimmert mich das. Hab ich Material gegeben, Leinewand, Rahmen, Papier — was weiß alles.

Löffler: Halten Sie mich nicht uf, sa' ich Ihn. Den Teppich will ich zum Renichen tragen.

Janetzki: J glaub's schon. Verkaufen, ein Stück nach andern.

Löffler: Na, und wenn ock, der Professor kann machen, was er will mit seinen Sachen.

Janetzki: Nicht kann er machen! Garnicht kann er machen. Auch nicht Stückchen Leinewand is seine von alles das. Erscht Schulden bezahlen, dann kann er machen . . . .

Löffler: Weg, weg! sonst giebt's a Unglick.

Janetzki: Werd ich nicht Platz machen. Garnicht. Werd ich Polizei rufen. Werd ich Director sagen.

(Crampton und Max Strähler kommen.)

Crampton, (mit einer gezwungenen liebenswürdigen Miene zu Janetzki.) Haben Sie was für mich, mein lieber Janetzki?

Janetzki (in seiger Bosheit zu Strähler hinüber schielend, der seine Blicke mit Blicken voll Haß und Verachtung auffängt, tritt gebuckt vor): Hier, Schrift von Director.

Crampton (legt das Schreiben auf die Bibel): Sonst noch was, lieber Janetzki?

Janetzki: Hier hat ich Rechnung zusammengestellt. Ibermorgen der erste Oktober.

Crampton: Schön von Ihnen! Legen Sie's dort auf den Tisch. (Als Janetzki noch immer nicht Miene macht sich zu entfernen. Schön, lieber Janetzki. — Gut — gut. (Löffler ab. Crampton ruft ihm nach.) Meinen Hering, Löffler. Vergessen Sie mir nicht mein bischen Frühstück. (zu Strähler.) Das sagt mir zu, Strähler. Das eß ich täglich.

Janetzki: Wollte Professer nur sagen, wenn Teppich soll reinigen, meine Frau versteht sehr gut . . . .

Crampton (In scheinbar völligem Einverständniß mit dem Kopfe nickend): Recht, Janetzki, recht.

Janetzki (davonlaufend, in der Thür schon rufend): Löffler! Löffler der Professer sagen . . . Meine Frau soll Teppich . . . (ab.)

Crampton, (mit funkelnden Augen hinter Janetzki her, mit unterdrückter Wuth die Faust schüttelnd): Hund, dieser Janetzki, tückischer, polnischer Hund. (Wiederum die Zigarre anzündend noch mit wüthendem Gesicht.) Rauchen Sie, lieber Strähler! Rauchen Sie! Rauchen Sie! (Er geht stark qualmend umher.) Na ja, ich bedaure Sie, lieber Strähler. Sie haben das Schreiben erhalten. — Die Conferenz war gestern. — Ich konnte nicht durchdringen. — Ich habe mein möglichstes gethan, aber Sie wissen ja . . . . (Bleibt stehen, sinnt nach.) Erstens, sollten Sie ein liederliches Leben geführt haben.

Strähler (junger, bleicher, bartloser Mensch von noch nicht zwanzig Jahren. Beinkleider und Rock modern von dunklen, guten Stoffen; alles sauber und neu): Herr Professor . . . .

Crampton: Ich weiß, was Sie sagen wollen, das gehört nicht zur Sache, wollen Sie sagen. . . . Man kann liederlich sein und doch Talent haben. Ja, lieber Mann, so sagen wir, aber das hohe Lehrercollegium . . . . Sie wissen ja, — es ist geradezu unnöthig, daß ein Akademiker Talent hat. Was sollen wir mit dem Talent anfangen. Das Betragen, das Betragen, lieber Strähler, der Respekt, die Ehrfurcht vor dem Lehrer. Vom Director bis zum Pedell. Hauptsächlich vor dem Pedell, mein Lieber. Und Sie haben den Pedell durchprügeln wollen, lieber Strähler. Bedenken Sie doch!

Strähler: Und ich hätte den Kerl geprügelt, wenn er sich nicht versteckt hätte.

Crampton: Hätten Sie lieber des Directors Frau zweimal geprügelt, kein Haar wäre Ihnen gekrümmt worden, kein Haar, sag' ich Ihnen. Aber den Pedell, denken Sie doch, den Pedell prügeln wollen. (Er lacht bitter auf.)

Strähler: Dieser Kerl ist ein Schuft, Herr Professor! Ich habe mir von dem Manne nichts bieten lassen. Wenn er glaubte, sich etwas herausnehmen zu dürfen, hab' ich ihn zurückgewiesen. Ich hab' mein Material nicht bei ihm gekauft, weil mir dieser Mensch von Anfang an ekelhaft war. Das ist mein ganzes Verbrechen. — Nun hat der Mann mich belauert und dem Director allerhand Dinge zugetragen, bis er ihn soweit hatte . . . . . und da soll man nicht wüthend werden.

Crampton: Ach was, machen Sie sich nichts draus, Strähler! Pfeifen Sie auf die ganze Akademie. Was ein echtes Talent ist, das ist wie ein Urwaldbaum. Verstehen Sie mich? Eine Akademie — das ist die Dressur, das ist der spanische Stiefel, das ist der Block, das ist die Uniform, das ist die Antikunst! ä (spuckt aus.) Hol mich der Teufel! (Nach einer Pause in ruhigem Tone.) Ich will Ihnen was sagen, Sie haben etwas gebummelt. Ich höre, Sie sind ein wohlhabender Mensch und werfen etwas mit Gelde herum und haben immer 'ne Anzahl Schmarotzer um sich. Na ja, Sie sind jung, und da gefällt Ihnen das, Sie müssen die Menschen erst noch kennen lernen. — Nu will ich Ihnen mal was im Vertrauen sagen: meiden Sie diese Gesellschaft: — und dann: lassen Sie Niemand merken, daß Sie Geld haben. Nicht etwa des Anpumpens wegen, Gott bewahre! Aber wissen Sie, der Reichthum erzeugt so eine Art Atmosphäre, in die sich der anständige Mensch nur mit Zögern hineinwagt, während gemeine Naturen und Streber in Masse nur so hineinpurzeln. Wen aber diese Schmarotzer-Bande mal in den Klauen hat... Haben Sie mal einen Frosch gesehen, denbie Pferde-Igel in der Mache haben? Also, lieber Strähler, geben Sie mir die Hand. (Er streckt Strähler die Hand entgegen.)

Strähler (mit unsicherer Stimme): Ich danke Ihnen, Herr Professor!

Crampton (legt ihm die Hand auf die Schulter): Und im übrigen, junger Mann, Brust raus! Kopf hoch! Und wenn der Teufel und seine Großmutter in Ihren Weg treten, durch! und wenn Deine besten Freunde Dir rathen, von der Kunst abzulassen — laß sie schwatzen! man wird Dir, wenn Du erst mal was Rechtes leistest, erst recht den Kopf heiß machen. Jeder Straßenkehrer wird Deine Arbeit bespucken und Dir zuschreien: werde Straßenkehrer! Die Hauptsache ist: bete und arbeite! Aber nicht zu viel beten, mein Lieber! lieber etwas mehr arbeiten! Und nun machen Sie's gut, Strähler. Leben Sie wohl! Besuchen Sie mich, so oft Sie wollen. Hören Sie, so oft Sie wollen. Oder bleiben Sie noch etwas hier. Ich freue mich sehr, wenn Sie hier sind. (Er hat mit der Rechten den Brief auf der Bibel ergriffen.)

Strähler: Ich wollte nur noch sagen, Herr Professor! in diesem Punkte können Sie unbesorgt sein. Es mag zwar komisch klingen, aber ich kann's nicht ändern. Ich habe ein ziemlich starkes Selbstvertrauen.

Crampton: Natürlicherweise in Ihrem Alter...

Strähler: Das Bischen Kunst, was wir heutzutage in Deutschland haben, das macht mir nicht bange, damit kann ich schon concurriren.

Crampton: Mein Lieber, mein Lieber, nur nicht zu hitzig!

Strähler: Nein wirklich, das kann ich, das weiß ich sicher.

Crampton (fein): Ei, ei mein Lieber, das hat sein Wesen. — Noch Eins, lieber Strähler, wenn Sie irgend können, gehen Sie fort aus dem Nest. Nach München, nach Rom, nach Paris, hier wird man zum Schildermaler. Da (Er schiebt ein Stück Draperie beiseite, man gewahrt ein Wirthshausschild.) Hier geht man zu Grunde. (Er blickt düster zur Erde, ermannt sich bald und öffnet den Brief. Schon während des Lesens, hellt sein Gesicht sich auf. So bald er fertig ist, geräth er außer sich vor Entzücken. Wiederholt kommen ihm Thränen während des Folgenden) Was? Was? Was? Strähler! Wissen Sie, Strähler, der Herzog kommt. Strähler! Mein Herzog kommt. Wissen Sie denn, was das heißt? Mein Gönner! Mein Mäcen! Mein Retter kommt. Ja wissen Sie, mein Retter, Strähler. Denn, wahrhaftigen Gott, beinah wäre ich erstickt. Mein Retter kommt und nun kriegt das alles ein anderes Gesicht. Nun kann Löffler, oder der Teufel das Schild zu Ende malen. Nicht rühr' an; auch nicht rühr' an. (Strähler bei den Schultern fassend.) Strähler! Das ist ein Charakter, ein Charakter, sag ich Ihnen, wie Gold: und ein Kind an Güte. Wie ein kleines Kind ist der Mann. Gegen mich ist der Mann wie ein Vater gewesen. Hier lesen Sie, lesen Sie laut, lieber Strähler.

Strähler (liest): Ich habe den Herren mitzutheilen, daß seine Hoheit, der Herzog Fritz August geruht hat, der hiesigen Akademie für morgen Nachmittag seinen Besuch ankündigen zu lassen. Es wird den Herren Lehrern empfohlen . . . .

Crampton: Na, das wissen wir schon, das wissen wir schon. Der gute Director ist ein Hansnarr. Ich werde mir keine Hosen mit Löchern anziehen, das versteht sich von selbst. Ueberhaupt der gute Director hat wohl kaum jemals in Hofkreise hineingerochen. So alt, wie Sie, war ich da,

athmete ich Hofluft. Ja, ja, mein Lieber, Sie müssen sich
rauhalten. Ich war mit neunzehn Jahren schon herzoglicher
Hofmaler. — Der Besuch gilt mir. Ich wette darauf, der
Besuch gilt mir. (Löffler kommt mit dem gefüllten Bierkorb in der einen,
dem Teller mit dem Hering in der andern Hand.) Löffler! Löffler! Mein
Herzog kommt. Was sagen Sie dazu. Der Mann kommt
und besucht mich. Hier liegt der Brief. Schnell gießen Sie
Bier ein. Darauf trinken wir eins. Sie kennen den
Herzog, nicht wahr, lieber Strähler? Ein reizender Mann.
So fein und bescheiden. Und ein Kenner, ein begeisterter
Kenner von allem, was Kunst heißt. Der Herzog verehrt
mich. Mein Herzogthum für einen Crampton hat der
Mann gesagt. Im Spaß natürlich. Prost! trinken Sie,
trinken Sie! (Strähler nippt, der Professor leert gierig das Gefäß. Sie
trinken aus alterthümlichen Steinkrügen.) Da schwatz ich nun Unsinn,
anstatt meine Maßregeln zu treffen. Was hab' ich denn
fertig? Der Mann will doch Bilder kaufen. (Mitten im Herum-
fahren plötzlich mit einem Blick an Strählers Kopf haftend und einen langen Pfiff
ausstoßend.) Hui, was entdeck ich! (In die Hände klatschend, wie
unsinnig.) Der Schüler, der Schüler, das ist ja der Schüler.
Nu sehen Sie doch, Löffler, das is ja mein Schüler.

Löffler: Nu ja, Herr Professor, das wußt' ich
schon lange.

Crampton: Ach Dummkopf, Dummkopf! (Er rennt nach
Malstock und Palette, stellt sich vor das kleine Bildchen, welches Mephisto und den
Schüler darstellt und weist gebieterisch auf einen Sessel, der nicht weit davon steht.
Hier mein ich, den Schüler zu meinem Mephisto. —
Da, hinsetzen, Strähler! (Einen Pinsel malbereit, fixirt er das Bild.)
Sie sind ja ein Goldmensch. Heut is ja ein Glückstag.
(Er mischt Farben.) Zwei Jahr hab' ich gesucht nach diesem
Köpfchen. (Immer mischend.) Ein Dickköpfchen ist dieses Köpfchen.
Hat mir zu schaffen genug gemacht, dieses Dickköpfchen.
Nun wollen wir es aber doch gleich kriegen, dieses Köpfchen.
Ja, lieber Mephisto, wir haben uns nun lange genug
gegenseitig gelangweilt. Morgen holt Sie der Herzog, oder

der Teufel. (Singt:) Morgen muß ich fort von hier ....„ Spricht weiter:) Adieu! Leben Sie wohl! Leben Sie wohl!

Löffler: Na, da kann ich wohl och gehen?

Crampton (Mehr als einverstanden.): In Gottes Namen.

Löffler: Wenn komm ich denn wieder?

Crampton: Zu Mittag, Löffler.

Löffler: Halt'! zwe Mark sind noch ibrig.

Crampton: Behalten Sie, Löffler.

Löffler: Dank' schön. (Will gehen.) Halt, sachte, ich hab' och de Kleene getroffen. In eener halben Stunde wollte sie hier sein.

Crampton (Befremdet): Was für 'ne Kleene?

Löffler: Nu, Ihre Jüngste.

Crampton (unterstrichen): Mein jüngstes Fräulein Tochter? Recht, Löffler, recht. Machen Sie's gut. (Löffler ab, Crampton läuft ohne noch den ersten Pinselstrich gemacht zu haben und versteckt die Bierkrüge und Flaschen sowie eine gefüllte Weinflasche, die Löffler gebracht hat.) Wenn meine Tochter kommt, lieber Strähler, da wollen wir doch lieber ... Was soll das Kind denken? (Er befindet sich hinter der Pappwand, gießt schnell aus der Weinflasche in den Becher, trinkt und versteckt die Flasche: dabei seufzt er.) Je, ja! Je, ja! (Es klopft. Sofort rennt der Professor vor die Staffelei und giebt sich den Anschein, als ob er in eifrigster Arbeit sich bisher befunden hätte und noch befände. Es pocht wieder. Die Thür öffnet sich. Gertrud Crampton tritt ein.)

Gertrud: (Ein hübsches und stattliches Mädchen von achtzehn Jahren im Rembrandthut und übrigens nicht modisch, sondern mit einem freien, künstlerischen Geschmack gekleidet. Ihr Gesicht verräth Abspannung und Kummer, jugendlicher Frische zum Trotz.): Guten Morgen, Papa!

Crampton (Ueberraschung heuchelnd): Ach Kind, Du bist da!

Gertrud: Ja, Papa! Ich. (Sie zieht langsam die Handschuhe ab.)

Crampton: Entschuldige, Kind, ich komme gleich.

Gertrud: Ach, laß Dich nicht stören. Ich habe Zeit.

Crampton: Du weißt wohl noch nicht, ich muß mich beeilen. Der Herzog kommt morgen. Er will mir das Bildchen abkaufen. Da wird denn gemalt, daß die Augen schmerzen. Nicht wahr, lieber Strähler? (Zu Gertrud.) Das ist der Verbrecher, den wir hinausgeworfen haben. Sollt' man's wohl glauben? Sieht er nicht aus, wie 'n junges Mädchen?

Gertrud (Bis dahin ohne jedes Interesse für Strähler, blickt bei dem Worte „Verbrecher" ihn flüchtig und zugleich erröthend an.)

Crampton: Komm her, liebes Kind. (Er nimmt sie um die Taille und zieht sie auf seine Knie, sie hätschelnd und streichelnd, wie der Liebhaber sein Mädchen) Sieh Dir's mal an. Wie? Ein leidliches Bildchen, ein annehmbares Tableauchen. (Heftig.) Still sitzen, Strähler. Sie rücken ja hin und her. Was soll mir das nützen? Sie wackeln ja mit dem Kopfe wie 'n Tapergreis. Aber der ganze Schüler, Kind, nicht? Ruhen Sie mal aus, Strähler. So! (Palette weglegend.) Ihr kennt Euch noch nicht? Das ist hier mein liebes Herzblättchen. Meine Unsterblichkeit, lieber Strähler. Eine allerliebste Unsterblichkeit, gelt junger Mann?

Gertrud: Ach Papa! laß doch das.

Crampton, (triumphirend zu Strähler, der das Bild betrachtet): Wie? Was? Das ist ein Bildchen. So malte man, wie Van Dyk zu Rubens in die Schule ging. Da soll einer kommen und mir das nachmachen. Diese Stümper, diese Stümper. Betrachten Sie mal das da. Das ist der Carton zu meinem Mänadentanz. Sie wissen doch, das Bild ist durch die ganze Welt gegangen. Wissen Sie, Strähler, was Genelli sagte, als er den Carton sah? Genelli war mein Freund — am herzoglichen Hofe. Es giebt nur zwei Menschen, die so eine Contour zeichnen: Sie Crampton, und ich. Herr Gott halb zehn. Da muß ich ja in den Aktsaal, da muß ich ja in den Aktsaal, da muß ich ja corrigiren. Verdammte Schulmeisterei. Verdammte Schulmeisterei. Unterhaltet Euch Kinder, bis ich zurückkomme. (Er hat wieder den Fez aufgesetzt und schreitet auf die Thür zu. Bevor er in den Aktsaal tritt, giebt er sich Haltung und beginnt, wie vorhin eine Melodie zu pfeifen. Ab.)

(Gertrud und Strähler sind allein. Sie blättert in einem Buche, er nimmt Farbentuben in die Hand und legt sie wieder fort. Plötzlich stößt Gertrud einen

Gegenstand um, der sogleich vom Tische herunter fällt. Sie und Strähler bücken sich nach ihm, berühren sich dabei mit den Händen, richten sich auf und zeigen Spuren von Verwirrung.)

Gertrud (nach einer Pause): Herr Strähler? Ich hatte doch recht gehört?

Max: Ja wohl. Mein Name ist Strähler, Fräulein!

Gertrud: Ich glaube ich kenne Ihre Frau Schwester.

Max: Ja wohl, meine Schwester hat mir's erzählt.

Gertrud: Wir sahen uns öfter im Conservatorium.

(Kleine Pause.)

Gertrud: Ist es denn richtig, daß der Herzog kommt?

Strähler: O gewiß, Fräulein! Sicher. Dort liegt ja die Meldung.

Gertrud (nach einer Pause): Sie sind ein paar Jahre Landwirth gewesen? Oder täusche ich mich? Ich weiß nicht, wer es sagte. Ich glaube, Professor Müller sagte es neulich.

Strähler: Ganz recht, gnädiges Fräulein!

Gertrud: Warum sind Sie denn das nicht geblieben? Ich denke mir das doch so hübsch, Landwirth sein . . .

Strähler: Ich hatte leider kein Talent zum Landwirth.

Gertrud: Dazu gehört auch Talent?

Strähler: Ja! Und großes.

Gertrud: Na, ich weiß nicht, die Künstlerlaufbahn würde ich nicht einschlagen.

Strähler: Ach, warum nicht, Fräulein?

Gertrud: Ich stelle mir das viel schöner vor, Landwirth sein. (Nach einer Pause.) Wie finden Sie denn meinen Papa, Herr Strähler?

Strähler: Er ist doch sehr heiter und fröhlich, scheint mir.

Gertrud: So, finden Sie? — Ich habe nämlich immer so große Sorge um Papa.

Strähler: Ach, wirklich?

Gertrud: Sie wissen wohl, daß ich Papa meistens führen muß, er kann nicht allein gehen. Wenn er allein

geht, bekommt er Schwindel. — Er verträgt fast garnichts mehr.
— Er ist überhaupt so hinfällig, er muß in jeder Beziehung
so vorsichtig sein, daß .... daß man ein gutes Werk thut,
wenn man ihm immer wieder an's Herz legt, sich zu schonen,
sich keine Strapazen zuzumuthen. — Herr Strähler, Sie
werden es vielleicht seltsam finden, aber — ich habe schon
so viel durchgemacht .... Vielleicht ist es Ihnen möglich,
meine Lage zu verstehen. Sie wissen vielleicht, daß Papa
— die Nacht — wieder nicht nach Hause gekommen ist.
Vielleicht wissen Sie sogar, wo er gewesen ist! — Ich bin
die ganze Nacht nicht zur Ruhe gekommen. — Denken Sie
doch, was kann ihm alles zustoßen. Er ist ja so hilflos,
so ganz auf die Anderen angewiesen .... (mit einem tiefen
Seufzer der Erschöpfung.) Ach, ich kann nicht mehr, ich kann nicht
mehr.

Strähler: Aber Fräulein!

Gertrud: Sie sind jung, aber Papa ist nicht mehr
jung.

Strähler: Aber ich versichere Sie, Fräulein! Ich habe
Herrn Professor nie zu etwas veranlaßt. Ich bin nur ganz
selten mit ihm ausgegangen und dann . . . . .

Gertrud: Aber, wer sind denn die Leute? Sie müssen
doch sehen, daß es mit Papa nicht gut steht, daß er sich völlig
zu Grunde richtet. Nicht nur sich selbst, es ist ja entsetzlich.
Es ist ja furchtbar, das sagen zu müssen, was hier auf dem
Spiele steht.

Strähler: Mein liebes Fräulein, das Eine . . . . . .
Ich möchte Ihnen nur das Eine sagen .... daß Sie mir
gegenüber offen sind .... auf Ehre und Gewissen, ich bin
kein Unwürdiger. (Er ist nahe zu ihr getreten.)

Gertrud, (von dem Stuhl, auf den sie gesunken ist, aufschnellend, die Thränen trocknend und sich wegwendend): Pst, pst! Papa kommt.

Crampton (kommt trällernd und mit glücklichem Gesicht hereingetänzelt): Immerzu úndici, dodici, tredici tralala—la—la—la (Bleibt in einer stolzen Pose mitten im Atelier stehen, schnalzt mit den Fingern und blickt mit dem Ausdruck überquellender Freude triumphirend auf Sträbler und Gertrud hin.)

Zweiter Akt.

Wie im ersten Akt. Cramptons Atelier. Es ist Nachmittagszeit. Max Strähler, begleitet von seinem Bruder Adolf Strähler, ist soeben von links eingetreten.

Adolf, (ein etwa zweiunddreißigjähriger Lebemann, von gesundem Aussehen, mit einem Ansatz zum Embonpoint. Er ist elegant, aber leger gekleidet) Na höre mal, wo Du mich überall rumschleppst.

Max: Ich hab' Dich wirklich nicht oft belästigt. Aber der Mann hat sich so liebenswürdig gegen mich benommen, daß es einfach Deine verdammte Pflicht und Schuldigkeit ist, ihm mit 'n paar Worten zu danken. — Gelt, fein, Adolf? Da sieht man gleich, wes Geistes Kind er ist.

Adolf (sich umsehend): — Verrückt, Max.

Max: Verrückt? Wieso denn?

Adolf: Na, Du (auf das Skelett zeigend) der sanfte Heinrich da, mit dem Calabreser auf der Glatze, das ist geschmacklos.

Max: Dein Geschmack ist so platt, wie'n Achtgroschenstück.

Adolf: Kann sein, ich versteh's nich. Aber sieh mal zum Beispiel: (er tippt mit der Fußspitze auf das Tigerfell) was soll das nu hier? Das is doch nu keine feine Symbolik.

Max: Wieso denn Symbolik?

Adolf: Na, Königstiger . . . .

Max: Ach Du, Du hast so'n wegwerfendes Wesen. Das ist Cynismus. Ihr seid alle ekelhaft cynisch, ihr Kaufleute. Das is förmlich 'n Standesmakel.

Adolf, (unterdrückt herauslachend): Hoho, ausgezeichnet. Der Kerl ist rausgeschmissen, von der Akademie gejagt und redet von Standesmakel. O Du Jammerhahn! O Du trauriger Jammerhahn!

Max, (der Professor öffnet die Thür, aus dem Altsaal kommend): Hör' auf, Adolf!

Adolf: O Du Jammerhahn, Du . . . .

Max: Pst, pst!

Adolf: Achtung.

Crampton, (im Frack und in Glanzlackschuhen, einen Orden im Knopfloch. Er ist sehr beschäftigt und geht, einen zerstreuten Blick auf Adolf werfend, auf Max zu): Guten Tag, meine Herren! Was verschafft mir die Ehre? (überrascht) Guten Tag, lieber Strähler! Nun erkenne ich Sie erst.

Max: Sie gestatten, Herr Professor, daß ich Ihnen meinen Bruder vorstelle.

Crampton (zerstreut): Sie sind der Bruder; so, so. Freut mich sehr. (Ungeduldig, fast unfreundlich abbrechend) Sie entschuldigen mich, lieber Strähler! Sie sehen, ich bin sehr beschäftigt. (Nicht ohne Prahlerei) Seine Hoheit kann jeden Moment eintreffen. (Leichthin) Seine Hoheit der Herzog Fritz August hat sich bei mir angemeldet.

Adolf: Herr Professor, es handelt sich auch nur um eine kurze Minute. Dieser Jüngling ist nämlich nicht nur mein Bruder, sondern auch mein Mündel.

Crampton (abwesend): Womit kann ich dienen?

Max: Er kommt und erzählt mir, man hätte ihn von der Akademie fortgejagt, nun da bin ich als Vormund....

Crampton (gereizt und händeringend): Ja, was denken Sie denn, ja was denken Sie denn?! Ich habe ja Ihrem Bruder schon lange Reden darüber gehalten. Soll ich Ihnen die Reden vielleicht nochmal vorsprechen?! Ich weiß sie nicht mehr. Ich hab sie vergessen, auf Ehre. Ich habe Noth, daß ich die paar Worte behalte, die ich mir für den Herzog zurechtgelegt habe.

Adolf (vergebens bemüht, den Ernst zu wahren): Verehrter Herr Professor, es handelt sich ja buchstäblich nur um zwei Worte.

Crampton, (der sein Lächeln bemerkt hat, ohne ihn anzusehen): Mir ist das nicht lächerlich. Mir ist das durchaus nicht lächerlich. Die Mütter und Väter und Vormünder werden mich noch um den Verstand bringen. Da kommen die Leute und wollen, daß man ihnen weissagt. Ich logire nicht auf dem Dreifuß. Ich bin keine Pythia. Ich weiß heute noch nicht, ob ich selbst Talent habe. Sie werden mir nächstens die Windeln in's Haus schleppen. Ich kann nicht aus Eingeweiden weissagen, verstanden?

Adolf: Aber, pardon! pardon!

Crampton: Kein pardon, mein Lieber.

Adolf: Herr Professor, Sie verkennen mich. Ich hatte nur die Absicht, Ihnen meinen noch ganz besonderen Dank.... Es giebt so gewisse Momente, wie Ihnen vielleicht bekannt ist... nämlich.... Bevor mein Bruder gestern zu Ihnen ging, war ich einigermaßen besorgt um ihn. Nun hat Ihr Zuspruch ihn so aufgerichtet..... Darüber freute ich mich herzlich, und nun wollte ich ganz einfach dem Manne meinen Dank sagen.

Crampton: Ach, daher bläst der Wind. Ja so, lieber Strähler! (im Vorbeigehen Max' Schulter berührend). Nun das freut mich, mein Junge, wenn's Dir geholfen hat. (zu Adolf). Ja sehn Sie, mein Lieber, Sie sagten Vormund. Sie brauchen blos wieder Vormund sagen, und ich verliere sofort nochmals die Besinnung.

Adolf (lachend): Ich werde mich schön in Acht nehmen.

Crampton (ebenfalls lachend): Ja, lieber Herr, daß Sie diesen Tusch unschuldiger Weise....

Adolf: Er war gewiß für den Herzog bestimmt, Herr Professor!

Crampton: Sehr gut, sehr gut!

Adolf: Ich störe nun nicht länger.

Crampton: Aber bleiben Sie doch, bleiben Sie doch! (Er sieht nach der Uhr). Der Herzog beeilt sich nicht.

Adolf: Aber ich muß mich leider beeilen. (Verbeugt sich). Empfehle mich, Herr Professor!

Crampton, (mit der Hand flüchtig winkend). Adieu denn, Adieu denn! Besuchen Sie mich doch gelegentlich, ich werde mich freuen. Und Sie, lieber Strähler, Sie könnten mir gleich noch etwas behilflich sein?!

Adolf: Bleib nur getrost, ich finde nach Hause (ab).
(Kleine Pause.)

Crampton: Zunächst, lieber Strähler, wie sitzt mir der Frack?

Max: Sehr gut, Herr Professor!

Crampton: Nicht wahr, vorzüglich. — Und nun halten Sie mal die Thür zu (Er geht nach der Flasche, gießt ein 2c.). Ich habe immer etwas vorräthig; ich muß mir immer eine kleine Herzstärkung im Hause halten (trinkt) und besonders für solche Gelegenheiten. Ich muß heute meine fünf Sinne beisammen haben, lieber Strähler. Sie wundern sich vielleicht über meine Aufregung. Aber für mich bringt der heutige Tag gewissermaßen eine Entscheidung. Ich werde Ihnen das später bei Gelegenheit mal erzählen. Uebrigens, wenn Sie später mal heirathen sollten; — aber thun Sie's lieber nicht, Sie haben das garnicht nöthig; denn wenn ein Künstler das thut, so setzt er alles auf eine Karte und verliert meistens alles, auch seine Kunst, bevor er dreie gezählt hat. — Aber wenn Sie doch mal heirathen, dann — machen Sie sich von vornherein ein festes Taschengeld aus, mein Lieber. (Es klopft, er schreit) Herein! Herein!
(Professor Kircheisen und Architekt Milius, befrackt, kommen herein.)

Crampton: Servus, servus, meine Herren! Hoheit noch nicht in Sicht? Nehmen Sie Platz, meine Herren.

Prof. Kircheisen, (hübscher Mann in den fünfziger Jahren mit dünnen Künstlerlocken und langem Barbarossabart. Er ist jähzig und erregt und lacht fortwährend nervös): Hi, hi! Mir gribbelt's in mein'n ganzen

Körper förmlich wie Ameisen. Hi, hi! Weiß Gottchen, ich gann mich nich setzen, College Crampton!

Milius (fünfunddreißigjährig, verfettet, kurzatmig, deshalb in Absätzen redend. Lachend): Gottvoll! Der Director reibt sich auf im Dienste der Kunst. Er ist vor lauter Eifer die Treppe runtergefallen. Ich glaube, er hat sich die Nase zerschunden. Die Frau vom Pedell wischt das Blut von der Treppe.

Prof. Kircheisen (lachend): Ach Gottchen! Gottchen! 'S giebt 'n Malheur. Hi, hi! Wenn er nun vor dem Herzog steht und es tropft. Und es tropft, meine Herren, ihm das Blut von der Nase . . . . (Alle lachen.) Und es tropft, meine Herren . . .

Crampton (mit Ernst erzählend): Von Rauch die Geschichte kennen Sie doch. Dem tropfte mal was auf 'ne Marmor= büste. Was? Lieber Gott ja, der Meister schnupfte. Sie wissen doch, was der Mann da gemacht? Die Kunst ist das Höchste, verstehen Sie wohl. Er wollte die Büste sich nicht verderben. Da hat er es mit der Zunge entfernt. (Kircheisen und Milius lachen heraus.) Mein Gott, ich finde das sehr natürlich. (Er reicht Cigaretten herum.) Bringen Sie mal Feuer, lieber Strähler! (Strähler wird von den Lehrern mit Befremden bemerkt.) Strähler ist mein Privatschüler. In meinem Privat= atelier bin ich mein eigner Herr. Ich bin überhaupt nun entschlossen, dem Director mal gründlich die Zähne zu zeigen. Ich lasse mir nicht mehr meine besten Talente aus den Händen drehen. Ueberhaupt, meine Herren, wir sollten zusammenhalten. Wir vorgeschrittnen Elemente sollten zu= sammenhalten. Wissen Sie, meine Herren, ich hab eine Idee. Wir sollten einen St. Lucas=Club gründen. College Wein= gärtner, College Milius, Du, Kircheisen und ich zunächst mal. Als compacte Masse, meine Herren, werden wir der Gegenpartei bald genug Respect einflößen, diesen Herren Müller und Schulze und Krause und Nagel und wie die schönen Krähwinkler Berühmtheiten sich sonst zu nennen be= lieben. Ueberhaupt, meine Herren, wir wollen in dieses

Nest doch endlich mal bischen Leben und Zug bringen. Wenn wir nur wollen, so können wir das Nest zur Kunst=stadt ersten Ranges machen. Wissen Sie, da fällt mir ein, ich werde mit dem Herzog darauf zu sprechen kommen.

Archit. Milius, (dem Professor die Hand auf die Schulter legend): Professor, hören Sie mal, der Herzog kommt gewiß noch nicht gleich. Der Mann ist draußen.... Sie wissen ja, den ich hergebracht habe. Er möchte doch gerne mal das Schild sehen. Darf er?

Crampton, (mit gelinder Verstimmung, leichthin): Mag er es ansehen, lieber Milius. Mag er sich's ansehen, dort drüben steht es.

Milius (ruft zur Thür hinaus): Herr Feist, Herr Feist! Ich bitte sehr, Herr Feist!

Feist (Aeußeres eines wohlhabenden Restaurateurs. Springt an, wie ein Kellner). Zu dienen, zu dienen.

Milius (vorstellend): Professor Crampton, Herr Feist. Crampton beachtet ihn kaum, dreht sich eine Cigarette. Milius wird nervös und verlegen, der Restaurateur noch viel mehr. Milius führt ihn vor das Schild und deckt es auf. Crampton spricht leise und belustigt mit Professor Kircheisen.

Milius (zu Feist): Gefällt es Ihnen?

Feist, (nun mit der Anmaßung des Bestellers): Ja wissen Se, es is ja ganz hibsch, aber ich hatt' mirsch e bissel anders ge=dacht. Hier hat ich mir gedacht so'n richt'gen, dicken Gam=brinus, und hier so ne richt'ge, große Kruke, wo der Schaum so runterkleckt, und hier dacht ich mir halt, solche richt'ge, kleene Engel, die de so mit Weinflaschen hantieren.....

Crampton, (zu den Professoren): Furchtbar komischer Kerl! (Mit plötzlicher Wuth). Malen Sie sich Ihre Schilder alleine. Wenn Sie's so genau wissen, wie's gemacht wird, was be=lästigen Sie denn andere Leute! Es ist eine Zumuthung, es ist eine unverschämte Zumuthung!

Milius: Aber, College Crampton, der Herr hat sich wirklich nicht das mindeste zu schulden kommen lassen, was Sie berechtigte.....

Crampton: Mir gleichgültig, mir völlig gleichgültig. Es ist eine Zumuthung! Ich bin ein Künstler! Ich bin kein Anstreicher!

Feist, (sich zurückziehend): O bitte — o bitte — empfehle mich!

Milius (ihn hinausbegleitend): Ich bedaure sehr, Herr Feist .... (beide ab).

Crampton: Was dieser Milius, dieser Architekt, sich wohl einbildet, meine Herren? Schleppt mir seine Kunden auf den Hals, muthet mir zu . . . . .

Janetzki, (schwarzer Anzug, gestrickte weiße Handschuhe; guckt in höchster Aufregung zur Thüre herein): Herr Professor, Herr Professor Kirch=eisen! Herzog ist unten in Bildhauerklasse.

Kircheisen: Was tausend! Janetzki . . . (springt auf, ab.)

Crampton, (ruft in den Altsaal): Der Herzog kommt.

Gertrud (tritt ein, sehr bleich, verweint).

Crampton: Gertrud, der Herzog kommt jeden Augen=blick. Er ist schon unten bei Kircheisen; bleib nur hier, bleib nur ruhig hier, Kind. Ich werde Dich seiner Hoheit vor=stellen. Wenn sich Gelegenheit findet, werde ich Sie auch vor=stellen, lieber Strähler. Warum denn nicht, Sie machen ja eine ganz gute Figur. Greift mal meine Hand an, Kinder. (Vor Erregung zitternd.) Vorhin war ich aufgeregt, jetzt bin ich ruhig. So geht mir's immer. Je näher der wichtige Mo=ment, je gelassener bin ich. (Er reibt sich die Hände.) Kinder, ich freue mich, den alten Dachs mal wiederzusehen! (Er ruft in den Altsaal.) Kommen sie 'mal 'rein, meine Herren, ich habe noch etwas mit Ihnen zu reden. (Etwa zwanzig Akademiker von achtzehn bis dreißig Jahren strömen herein.) Meine Herren! Seine Hoheit der Herzog Fritz August erweist mir die Ehre seines Besuches. Diese Auszeichnung trifft nicht nur mich, sondern meine ganze Klasse. Ich darf wohl voraussetzen, daß unter Ihnen Keiner ist, der diese Ehre nicht zu würdigen versteht. Es ist nicht ausgeschlossen, daß ich Sie, falls sich Gelegenheit

bietet, zu einem Hoch auf Seine Hoheit auffordern werde
Sollte nun Jemand zugegen sein, mit dessen Anschauungen
sich ein Hoch auf Seine Hoheit nicht verträgt, den ersuche
ich hiermit, lieber jetzt gleich stillschweigend das Lokal zu
verlassen. Und nun machen Sie's gut.

Alle durcheinander: Ja wohl, Herr Professor!
(Lachend, witzelnd, redend entfernt sich der Schwarm wieder in den Altsaal.)

Crampton, (ihnen nachlaufend und zugleich rufend): Meine
Herren! noch einen wesentlichen Punkt, einen wesentlichen
Punkt, meine Herren! (ab in den Altsaal.)

Gertrud, (verzweifelt, krampfhaft, und sich überhastend): Herr
Strähler, Herr Strähler! Es ist ja furchtbar. Papa ist
ahnungslos. Es ist ja furchtbar. Er wird es nicht über=
leben, es ist zu namenlos.

Max: Aber Fräulein, Fräulein! Was ist denn ge=
schehen?

Gertrud: Sie lieben Papa, ich weiß es, Herr Strähler!
Nun ich bitte Sie innig, nehmen Sie sich seiner an. Er hat
ja sonst Niemand, Niemand (sie ringt die Hände.)

Max: Mein Wort darauf, Fräulein! Aber darf ich
nicht wissen . . . .

Gertrud: Die Schande, die Schande, das ist ja das
Schlimmste. — Erst heute früh kam ein Brief an Mama.
Ein Brief vom Direktor, worin er ihr schreibt, Papa würde
morgen wahrscheinlich seines Amtes enthoben werden. Sie
möge nur Papa bei Zeiten darauf vorbereiten. Nun ist sie
aber fort, wo hätte sie denn auch bleiben sollen. Zu Hause
ist heute alles versiegelt worden. Unsere ganze Wohnung ist
vom Hauswirth mit Beschlag belegt. Und hier, schreibt der
Direktor, würde es heut oder morgen ebenso gehen. Ach,
mein Papa ist ein Bettler! Mein Papa ist ein armer, hilf=
loser Bettler! (Sie schluchzt.)

Max (auf's tiefste erschüttert): Sie sehen zu schwarz, ach,
Sie sehen zu schwarz!

Janetzki (kommt): Wo ist Professor?

Crampton (kommt zurück): Hier bin ich, Janetzki. Wo bleibt denn der Herzog?

Janetzki, (grinsend): Herzog, Herr Professor? Herzog ist abgefahren.

Crampton: Ach was, ich meine den Herzog, Janetzki. Der Herzog ist doch eben gekommen.

Janetzki: Nun gut. Hat besucht Professor Kircheisen und ist abgefahren.

Gertrud: (den Professor, der blöd vor sich hinstiert, umhalsend): Ach, goldenes Papachen! So nimm Dir doch das nicht zu Herzen so . . . .

Crampton: So laß doch, liebes Kind, laß doch, laß doch . . . . . Was soll ich mir denn zu Herzen nehmen? (Plötzlich in Wuth und Schmerz hervorbrechend.) Was? Wie? Was? Der Herzog besucht mich nicht? Der Herzog ist fort? Der Herzog ist nicht bei mir gewesen? Bin ich denn ein Hund, wie? Bin ich denn ein räudiger Hund, wie? Was? (Er lacht wild heraus.)

Gertrud, (ihn umhalsend, mit ahnender Angst): Ach, liebes Papachen! Ach, süßes Papachen!

Crampton: Ach was, laß mich zufrieden. Das ist ein Complott. Das sind meine Feinde, meine Neider. Das sind meine Verleumder gewesen. O, ich bin nicht so dumm, ich bin nicht so dumm! Ich weiß schon, wer mich beim Herzog angeschwärzt hat. Ich kenne den Mann. Laß gut sein, laß gut sein! Den Mann kauf ich mir schon. Sei Du ganz ruhig, der lernt mich kennen.

(Mehrere Schüler kommen herein aus dem Altsaal.)

Crampton (schreit sie an): Was wollen Sie hier? Hier ist nicht Ihr Platz. Klopfen Sie an, wenn Sie herein wollen.

Erster Schüler: Wir haben geklopft, es hörte uns Niemand.

Crampton: Wenn Niemand antwortet, bleiben Sie draußen. Noch bin ich hier erste Person. Noch ist das mein Raum, mein Studio, verstanden? Und ich kann rauswerfen, wen ich will. Ich könnte sogar den Janetzki rauswerfen. Aber ich will es noch nicht. Was wollen Sie denn?

Zweiter Schüler: Wir sollten nur fragen, ob der Herzog noch kommen wird?

Crampton: Was geht mich der Herzog an, was geht Sie der Herzog an?

Zweiter Schüler: Herr Professor! es ist fünf, und wir möchten nach Hause gehen.

Crampton: So scheeren Sie sich fort, auf was warten Sie denn? (Die Schüler ab.)

Crampton (ohne Janetzki anzusehen): Was grinst denn der Kerl? Ich wünschte, daß sich der Lump entfernt. Entweder der Lump entfernt sich, (er legt in höchster Wuth, immer ohne Janetzki anzuschauen, die Hände um eine Bronzestatuette,) oder er trägt die Folgen. (Janetzki entfernt sich.) So, raus, fort mit Schaden. Ihr sollt mich kennen lernen, Bande, Bande! Nun kommt Kinder, kommt. Zieht Euch an. Wollen gehn. Den Wisch laßt liegen. Ich weiß schon, was drin steht. Ich verzichte, ich verzichte. Ich geh schon freiwillig. Ich geh schon. (Er macht Miene zu gehen, sinkt aber plötzlich erschöpft und schluchzend und weinend wie ein Kind auf den Divan nieder.)

Gertrud (kniet ebenfalls schluchzend an der Seite des Alten nieder): Mein Herzenspapachen, mein Herzenspapachen! Ach mein armes, armes Herzenspapachen!

Max: (dabei stehend): Der arme Mann, der arme, arme Mann. — Herr Professor! Fräulein Gertrud! Haben Sie doch Muth, bieten Sie doch den Verhältnissen Trotz. Was haben Sie denn zu mir gesagt, Herr Professor: Brust raus, Kopf hoch, und wenn der Teufel und seine Großmutter einem in den Weg tritt, haben Sie mir gesagt . . . .

Crampton (sich aufrecht setzend, erschöpft und mit schwacher Stimme): Liebe Kinder, — lieber Strähler — lieber Freund. Ich weiß, daß Sie mein Freund sind. Ich scheue mich jetzt auch vor Niemand mehr, es einzugestehen. Es hilft nun doch nichts mehr. Um mich ist es sehr schlecht bestellt. Es steht miserabel um mich. Wenn mir jetzt einer einen Gefallen thun wollte — aber Sie, sehen nicht danach aus, lieber Freund. Gertrud, ich muß Dir nun ein Geständniß machen, wenn Dir Jemand in Zukunft sagt: Ehre Vater und Mutter, so sag ich Dir, Dein Papa ist keiner Ehre werth. Dein Papa hat Euch alle und sich selbst an den Rand des Abgrunds gebracht.

Gertrud: Aber, lieber Papa, Du mußt nicht so sprechen, Du mußt nicht so dumpf, nicht so verzweifelt vor Dich hinstarren. Du mußt Muth fassen, Du mußt . . . .

Crampton, (erschöpft): Jetzt ist es vorbei, jetzt ist es zu Ende, unwiderruflich — vor einer halben Stunde noch hatte ich Hoffnung. Ich wollte dem Herzog meine Lage vorstellen. Ich wollte ihn ja nicht anbetteln. Ich dachte mir nur . . . vielleicht das Bildchen, oder so etwas . . . . Ach Kinder, Kinder! machen wir ein Ende. (Löffler kommt.) Ach, da ist Löffler. Willkommen, mein Lieber! Wir gehen zusammen, wir gehen zusammen!

Gertrud, (voller Angst wiederum ihn umhalsend): Papachen, Papachen! wo willst Du denn hingehen. So nimm mich doch mit, ich bleibe ja bei Dir.

Crampton: Nach Hause, nach Hause. Geh Du nur nach Hause!

Gertrud: Ach Mama ist ja fort und die Schwestern sind fort.

Crampton: So geh doch Du auch fort. Was bist Du denn hier? Den Mantel, Löffler, mein Hut, mein Halstuch. (Während Löffler ihm den Radmantel umhängt.) Ha ha! Die Mama, die hat sich davon gemacht. Die ist mir die Rechte. Die Weiber, die Weiber! — Nun ernstlich, Gertrud, Du mußt der Mama nach. (Zu Strähler.) Eine letzte Bitte, die erste und letzte. Meine Schwiegereltern sind reiche Leute.

Thüringischer Adel. Dort soll das Kind hinreisen, und wenn ihr das Geld fehlt . . . . (Er ergreift und schüttelt Strählers Hand, in dessen Blick ein bindendes Versprechen zu lesen ist.) Ich bin Ihr Schuldner. Nun leb' mir recht wohl, Kind. Leb gut mit Deiner Mama, stelle Dich gut zu freiherrlichen Gnaden, Deinem Großpapa. Dann wirst Du wenigstens zu essen und zu trinken haben.

Gertrud, (ihn umhalsend, schluchzt): Papachen, ich kann nicht.

Crampton (sich sanft losmachend): Du wirst es vergessen. Du wirst es verwinden. (Auf die Thür zuschreitend, leicht mit der Hand winkend.) Lebt wohl miteinander! Lebt wohl miteinander! (Er faßt Löffler unter.)

Gertrud: Papa, ich geh mit Dir.

Crampton (wüthend aufstampfend): Willst Du Spießruthen laufen? (Ab mit Löffler.)

Dritter Akt.

Das Privatzimmer des Fabrikbesitzers Adolf Strähler. Mollige, gemüthliche, ungewöhnliche Einrichtung. Ein viereckiger Raum mit einem großen, breiten Bogenfenster links, einer Thür in der Hinterwand, einer anderen in der rechten Wand. Die Wände sind bis zu Mannshöhe mit Holz vertäfelt. Auf dem Gesims, welches diese Vertäfelung abschließt, ist ringsherum eine Sammlung von Raritäten aufgestellt. Man sieht darunter Schädel kleiner Thiere, Kristalle, seltene Steine, Korallen, Muscheln, Nippes aus Holz und Porzellan, geschnitzte Kästchen, merkwürdige Kännchen aus rothem Thon, alte Bierkrüge, Gefäße aus Nilschlamm, überhaupt Reiseerinnerungen.
Oberhalb des Gesimses sind die Wände weiß getüncht, auch die Decke ist weiß, ohne Stuck und Bemalung. In der Mitte ist ein ausgestopfter, fliegender Kranich befestigt. Links übereck steht ein alter, gebeizter Rokokoschrank. Oben darauf ein ganz gewöhnlicher Weihnachtsmann, wie er in allen Schaufenstern zu finden und um Weniges zu haben ist. An der Wand vorn rechts steht ein braunledernes Sofa. Darüber, so daß es der Ruhende erreichen kann, hängt an der Wand ein Pfeifenbrett mit fünf oder sechs langen Tabackspfeifen und einer Menge langrohriger Thonpfeifen, auch Tabacksbeutel und sonstiger reichlicher Rauchapparat aller Art. In der rechten Ecke steht, vor einer dunkel gebeizten Eckbank ein ebenso gebeizter, hübsch geschnitzter, großer Bauerntisch. Ueber der Bank an der Wand, noch unter dem Simse, hängt ein eichenes Schränkchen mit hübschem Schnitzwerk. Ein mächtiger, lederner Großvaterstuhl ältesten Schlages ist an's Fenster gerückt. Der geräumige Schreibtisch davor, ist beladen mit Büchern — alle hübsch geordnet — und auch mit kaufmännischem Comptoirhausrath versehen. Die ganze Einrichtung verräth überall bei gutem Geschmack ein stark individuelles Gepräge und die besondere Neigung ihres Schöpfers vielerlei, aber mit individueller Auswahl zu sammeln. Neben der Thür ein Telephonapparat. Teppiche auf den Dielen.

Adolf (kommt durch die offene Mittelthür nach vorn. Durch diese Thür überblickt man eine Zimmerflucht. Im letzten der Zimmer gewahrt man Agnes Wiesner, geborene Strähler, und ein Dienstmädchen damit beschäftigt, den Tisch abzuräumen.)

Adolf (nimmt eine Tabackspfeife von dem Regal, schraubt das Rohr ab und bläst hindurch. Als er fertig ist, ruft er durch die Mittelthür): Agnes, wo bleibst Du denn?

Agnes, (dreißigjährige, junge Wittwe. Ihr hübsches Gesicht erscheint durch Leiden vergeistigt und hat den Ausdruck beruhigter Resignation und milder Heiterkeit. Ihr Wesen ist sanft und angenehm. Sie kommt mit beschleunigtem Schritt nach vorn): Ich komme schon, Adolf!

Adolf: Wo hast Du denn Fräulein Trude?

Agnes: Der Briefträger hat einen Brief gebracht. Ich glaube von den Verwandten aus Thüringen. (Sie giebt Adolf mit einem Fidibus Feuer.)

Adolf (Im Anrauchen): Was die sich ... die sich bloß ... die sich blos um das Mädel zu kümmern haben, möchte ich wissen! (Rauchend schreitet er langsam umher) Sag' ihr nur, Agnes, von Fortreisen könnte keine Rede sein. Wir lassen sie einfach nicht fort.

Agnes: Du, ich glaube, sie hat auch gar keinen Zug nach Thüringen. Mit der Mutter scheint sie gar nicht zu stimmen. Mit den Schwestern verträgt sie sich auch nicht; und vor den Großeltern hat sie 'ne heilige Scheu.

Adolf: Nu also! nu also! — Wo ist denn eigentlich Max jetzt immer? Den Jungen sieht man ja fast garnicht mehr. Zu Tisch kommt er nicht ...

Agnes: Er kommt immer erst nach vier, wenn Du schon fort bist, in's Geschäft.

Adolf: Immer noch auf der Suche?

Agnes: Du weißt ja, er ruht nicht.

Adolf: Er fängt's dumm an. Er muß es furchtbar dumm anfangen. Ich bitte Dich, Agnes, in einer Stadt von dreimalhunderttausend Einwohnern fünf Tage nach einem Manne suchen, der so bekannt ist wie der Professor.

Agnes: Er hat doch schon überall rumgefragt: bei den Schülern, bei der Polizei. . . .

Adolf: Ja, wenn er sich keinen Rath weiß, zum Teufel! warum sagt' er'n nich 'n Wort zu mir?

Agnes: Du, das kann Dich nicht wundern. Dir traut er nicht. Du hänselst ihn zu sehr.

Adolf: Ho, ho! na hör' mal!

Agnes: Nein, wirklich, Adolf.

Adolf: Ach, Unsinn, Agnes. Wir kennen uns doch. Ich hänsle ihn, er hänselt mich wieder. Wie kann man denn so etwas übel nehmen?

Agnes: Er nimmt's auch nicht übel. Das sag' ich ja garnicht. Er ist aber jetzt — und das weiß ich bestimmt — in einer Verfassung, wo er's nicht verträgt.

Adolf: In einer Verfassung? Ho, ho! Kennimus.

Agnes: Na siehst Du, so höhnst Du.

Adolf: Nu sag mal im Ernst, Agnes: merkst Du was? Ich merke was.

Agnes: Ich merke auch was, natürlicherweise.

Adolf: Nun, und?

Agnes: Und? Was denn weiter?

Adolf: Ich glaube, Märchen ist neunzehn Jahr alt.

Agnes: Heut vor drei Wochen war er neunzehn.

Adolf: Drei Wochen auf zwanzig, und dabei, Agnes, find'st Du so alles ganz in der Ordnung?

Agnes: Ach ja, so ziemlich.

Adolf: So ziemlich, ist gut. So ziemlich ist sehr gut. Und wenn Vater und Mutter am Leben wären? Was würden die Beiden wohl sagen, Agnes?

Agnes: Sie würden die Sache nach ihrer Weise beurtheilen. Sie würden so handeln, wie es nach ihrer Meinung für Marens Wohl am besten wäre. Und ganz genau so will ich eben auch handeln.

Adolf: Es ist also gut für 'n Menschen, wenn er sich mit neunzehn Jahren verlobt.

Agnes: Unter gewissen Verhältnissen, warum denn nicht? Die schönsten Jahre meines Lebens liegen für mich ja auch vor dem zwanzigsten. Mit einundzwanzig, als Ludwig gestorben war, da hat ich mein Theil am Leben ja auch schon dahin.

Adolf: Das ist etwas anderes, ganz etwas anderes.

Agnes: Nun ja, wenn Du meinst, so sprich doch ein Machtwort. Du hast ja das Recht, Du bist ja der Vormund. . . .

Adolf: J, Machtwort, Machtwort. Was thu' ich mit dem Machtwort. Ich bin nicht der Mann, ein Machtwort zu sprechen. Und außerdem würde es was rechtes nützen. (Auf seine Stirn, auf Agnes Stirn, dann in die Luft deutend.) Dickschädel! Dickschädel! Dickschädel! Wir Strählers sind alle Dickschädel. (mit sich steigernder, komischer Heftigkeit.) Aber wir rennen auch gegen Mauern mit unsern Dickschädeln. Wir schlagen uns Beulen an unsere Dickschädel, in allen Regenbogenfarben. Mag's doch! Was geht's mich an? Mag er sich einbrocken, was er will, ich lasse mir meine Ruhe nicht rauben. Ich werde mich abgrübeln. (Agnes lacht) Ja wohl, abgrübeln; weil ihm die Flöhe im Haupte herumhopsen, weil er verrückte Ideen hat. So'n junger Mann und geht schon auf die Freite. Vielleicht wird er pleite mit seiner Freite: das kann schon noch kommen. (Er rennt rechts ab. Im zweiten Zimmer wird Gertrud sichtbar.)

Agnes (ruft hinein): Hier bin ich, Fräulein Gertrud.

Gertrud: (kommt nach vorn). Ach so, hier.

Agnes: — Gute Nachrichten?

Gertrud: Ach ja, ganz . . . (Sie stockt, Thränen kommen in ihre Augen.)

Agnes: (drückt sie mütterlich an sich) Nicht weinen nicht weinen, es wird Alles wieder gut werden.

Gertrud: Sie werden geschieden, Papa und Mama. Sie mag auch nicht mehr Papa's Namen tragen. Und dann soll ich hinkommen. Großpapa will es.

Agnes: Das hat nichts zu sagen. Wenn Sie nicht wollen, kann Niemand Sie zwingen.

Gertrud: Ich will nicht, ich will nicht. Ich mag nicht ihr Gnadenbrot essen. Ich mag nicht mit anhören, wie sie auf meinen Papa alle Schuld häufen. Mama hat auch Schuld. Mama ist oft genug hart und lieblos gewesen. Und wenn Großpapa herkommt, ich gehe nicht mit ihm. Ich mag nicht, ich mag nicht. Mein Papa ist allein. Mein Papa hat Niemand. Für Mama und die Schwestern ist gut gesorgt. Ich will bei Papa bleiben. Ich gehöre zu meinem Papa.

Agnes: Will Ihr Großvater Sie abholen?

Gertrud: Im Briefe steht, er sei auf Reisen und würde wohl auch durch Schlesien kommen. Ach, liebe Frau Agnes, liebe Frau Agnes, liefern Sie mich nicht aus, Frau Agnes. Ich bin kein Kind mehr. Ich weiß, was ich thue. Wenn ich mit fort muß, bleibt mir kein Ausweg. Nur ein paar Tage Asyl, Frau Agnes. Nur bis wir den armen Papa aufgefunden haben. Dann gehe ich zu ihm und verlasse ihn nicht mehr. Nur bis dahin, nur noch bis dahin.

Agnes: Wie Sie nur reden, liebes Trudchen. Sie sind bei uns und bleiben bei uns. Und wenn Sie mal selbst werden von hier fort wollen, dann ist es noch sehr die Frage, ob wir 's Ihnen erlauben.

Gertrud, (sie umhalsend): Du treue Freundin.

Agnes: Du? Also es gilt? (Sie hält ihr die Hand hin.)

Gertrud, (die Hand mit Küssen bedeckend): Du Liebe, Liebe.
(Kleine Pause.)

Adolf (kommt von rechts): Na, siehst Du, ich sag's ja, wenn ich Dich mit Fräulein Trudchen zusammen sehe, macht sie 'n trauriges Gesicht. Du bist mir die Rechte! Anstatt sie nu aufzuheitern. Gott bewahre! Du setzt Dich an's Klavier und spielst: (mit Uebertreibung singend) „Ich weiß nicht, was soll es bedeuten". Fräulein Trudchen! Es ist wahrhaftig gar kein Grund zur Sorge. Glauben Sie mir doch, der Herr Professor ist so gesund und munter, wie Sie und ich. Kommen Sie! Machen wir 'ne Schachpartie. Wollen Sie nicht? Sie sollten aber eigentlich wollen, denn Sie müssen sich unbedingt zerstreuen. Soll ich Ihnen mein Museum erklären?

Agnes: Ach, Adolf, laß doch, Du quälst Fräulein Trudchen.

Adolf, (zu Trudchen, welche den Kopf schüttelt): Gott steh mir bei! Na, so 'ne Idee! Ich quäle Sie, Fräulein? Wie, quäle ich Sie?

Agnes: Sie wird Dir's nicht sagen, natürlicherweise.

Adolf: Ach, Schafskopf, Schafskopf! Nicht wahr, Fräulein Trudchen, meine Schwester ist einfach ein großer Schafskopf. Wenn ich zu Ihnen sage, Sie müssen mehr essen, um dick zu werden, da spricht sie, ach laß doch! Sag' ich, sie müssen in die freie Luft, damit Sie rothe Backen kriegen — ach laß doch, ach laß doch. Im Gegentheil rausreißen muß man die Menschen. Sie mit Gewalt zwingen, daß Sie von ihren Gedanken ablassen: Denn es sind meistens ganz unnütze Gedanken. Kommen Sie, Fräulein. Ich verschreibe Ihnen hiermit eine Stunde Oberländer. Sehen Sie, hier: Der Thiermarkt in Timbuctu. Sehen Sie mal diese göttlichen Schwarz=Viehhändler. Und wie die Giraffe buckt und hinten aushaut. (Er ahmt in komischer Weise die Bewegungen der Giraffe nach.)

Agnes: Nein, aber Adolf!

Adolf: Was is denn da weiter? Finden Sie was dabei, wenn ich 'n bischen Giraffe spiele? Meine Schwester ist 'ne furchtbar würdige Person. Wissen Sie, die ist so würdig, daß ich vor purer Ehrfurcht manchmal das scheußlichste Asthma kriege. (Es klingelt im Entree.) Wer kommt denn da? (Adolf geht links hinaus um die Entreethür zu öffnen. In zwei Sekunden kehrt er zurück.) Agnes, Du bist wohl so freundlich! 'N Geschäftsfreund. 'N langweiliger Kunde, Fräulein Trudchen. (Agnes und Gertrud ab durch die Mitte. Adolf schließt sorgfältig die Thür hinter Beiden. Dann geht er und spricht durch die linke Thür): Kommen Sie nur herein, bitte.

Löffler (tritt ein): Scheen gu'n Tag.

Adolf: Sie wollen meinen Bruder sprechen?

Löffler, (die Mütze drehend): Ich wollt' a mal a Wort mit 'n reden, nu.

Adolf: Sagen Sie mal, heißen Sie vielleicht Löffler?

Löffler: Ich heeße Leffler, jawoll.

Adolf: Waren Sie nicht früher beim Professor Crampton im Atelier?

Löffler: 'S stimmt.

Adolf: Nu sagen Se mal, wo steckt denn nu eigentlich der Herr Professor?

Löffler: Deswegen wollt' ich ja eben a mal mit 'n Herr Strähler reden.

Adolf: So. Ja, mein Bruder ist augenblicklich nicht hier. Warten Sie mal! Zünden Se sich mal hier erst 'n Glimmstengel an. Rauchen Sie nur gleich hier. Setzen Sie sich mal hin, da. Immer setzen Sie sich. Und nun schießen Sie mal los. Also, wo steckt der Professor?

Löffler (krault sich am Hinterkopf): Ja, ich weeß nich, ob ich das a so sagen darf.

Adolf: Na jedenfalls: in's Wasser is er nich gesprungen?

Löffler (immer umständlich): Ne, ne, och noch nich. Seh'n Se, dazu is Ihn der Mann nich geeignet. Seh'n Se, dazu is Ihn der Mann zu gebildet. Und ieberhaupt Wasser...

Adolf: Nu freilich, Wasser... (lacht) verstehe schon. Das liebt er nich.

Löffler: Ne, wissen Se. Och noch nich. Der is 's 'n zu fein gewehnt, wissen Se. Ein Mann is das! O je. ne! Wenn der bloß und thät sich derhinter setzen. Mit dem Kopp, den der Mann hat! Wenn ich den Kopp hätte!

Adolf: Er lebt also jedenfalls und is hoffentlich auch gesund?

Löffler: Nu, freilich lebt a.

Adolf: Na ja, natürlich. — Wo wohnt er denn nun?

Löffler: A wohnt halt . . . Ja wissen Se, das wär ich Ihn' wohl nich verrathen dürfen. Da drinne hat a 'ne eegne Ansicht. Das soll Niemand wissen. Ne, ne, das geht nich.

Adolf: Ja, was wollten Sie denn aber bei meinem Bruder?

Löffler: Bei Ihrem Bruder, ja sehn Se, der kennt a Professor. Bei dem, da thät ich's halt a mal wagen. Ich muß 's halt auf meine Kappe nehmen. Denn sehn Se, wenn ma das a so mit ansieht. 's dreht eenem 's Herz im Leibe rum.

Adolf: Es geht ihm wohl also gerade nicht glänzend?

Löffler: (bewegt) Ne, ne, och noch nich.

Adolf: Nu sehen Sie mal an. Sie können mir wirklich vertrauen, Löffler. Ich würde gern thun, was irgend möglich wäre.

Löffler: Nu sehen Se, ich wollte Ihren Bruder fragen. — A hat doch die Kleene zur Bahn gebracht.

Adolf: Was für 'ne Kleine?

Löffler: Nu seine Jüngste. 'N Professor seine.

Adolf: Ach, Fräulein Gertrud. Nu ja, ja freilich.

Löffler: Nu sehn Se, da wollt' ich ihn halt a mal fragen. Se is nämlich hier in der Stadt, Herr Strähler. Ich hab' se nämlich hier auf der Straße gesehn.

Adolf: Ja, hätten Sie sie doch angesprochen.

Löffler: Das ging doch nich.

Adolf: Das ging nicht? Wieso denn?

Löffler: Se hätt' mich doch nach 'm Papa gefragt.

Adolf: Ja, ganz natürlich, was wär' denn da weiter?

Löffler: Nu sehn Se, ich konnte doch nischt verrathen; denn ersichtlich: Wo Ihn' der Mann jetzt steckt, dort kann 'n das Mädel ni besuchen, das muß a Jeder selber einsehen. Und zweetens, bring' ich das Mädel dorthin — nu wissen Se, das kann man den zutrauen, verstehn Se, der Mann macht mich kalt. Denn wissen Se, die kleene Trude, das is dem sei Hechstes. Und sag' ich 'm nu, de Gertrud is hier, da giebt's Ihn a Unglück, wer weeß, wie groß. Wo is se, wo steckt se? Der Mann wird Ihn wahnsinnig. (Er steht auf) Verwandte und Freunde hat er doch hier keene. Und wenn er och schimpft uf die Schwiegerelter, 's beruhigt 'n doch, daß die Gertrud dort is. Denn fremde Leute, i fremde Leute, das is für den Mann wie a rothes Tuch.

Adolf: Hier haben Sie was für Ihren Weg.

Löffler: Ich dank och scheene.

Adolf: Nu passen Se mal Achtung. Um sechs Uhr warten Sie an der Post. Haupteingang links. Da werde ich Ihnen meinen Bruder schicken. Ich glaube, er weiß was von Fräulein Trudchen. (Es klingelt im Entree.) Pst, warten Sie mal. (Er riegelt die Thür links zu und lauscht. Man hört, die Entreethür wird geöffnet und geschlossen. Jemand schreitet nach dem hinteren Zimmer zu. Im Augenblick, als das Geräusch einer geöffneten Thür aus dem Hinterzimmer bringt, schließt Adolf hastig seine Thür auf und drängt Löffler hinaus.) Heut um sechs also! (Adolf begleitet Löffler und läßt ihn durch die Entreethür hinaus. Zurückgekehrt, greift er nach der Pfeife, die er in der Erregung fortgelegt hatte, und zündet sie an. Nun kommt Max, zwei Packete im Arm, durch die Mitte nach vorn.)

Adolf (mit schlecht verhehlter Freude): Er lebt, er ist da, es behielt ihn nicht.

Max: Wer ist da? Der Professor?

Adolf (mit gemischter Verwunderung): Wie? Welcher Professor? Ach so, Dein Professor Crampton. Na, der wird och nich weit sein.

Max, (die Packete wegstellend mit einem Seufzer): Wer weiß, wer weiß.

Adolf (streckt sich immer rauchend auf dem Sofa aus, und nimmt eine Zeitung): Was bringst Du denn da?

Max (auspackend): Ach nichts, 'n paar Bronzen.

Adolf: Für wen denn, mein Junge?

Max: Ach, zum Vergnügen.

Adolf: 'N theures Vergnügen.

Max: Wieso denn theuer? (Kleine Pause.)

Adolf: Sag' mal — die Dinger sind nett. Zwei solche Dinger, genau dieselben, nicht, hatte auch der Professor. Was?

Max: Ich glaube, ja.

Adolf: Ich glaube auch ja. (Kleine Pause.)

Max: Nu sag' mal, Adolf, was soll denn das heißen? Ich kann mir doch wohl mal 'n paar Bronzen kaufen?

Adolf: J, das versteht sich. Es fällt mir nur auf. Meinetwegen kaufe, ich hab' nichts dagegen. Es fiel mir nur auf. Ich sah gestern durch Zufall im Kontor Dein Konto.

Max: Ich richte mir einfach 'n Atelier ein. Du hast mir ja selbst gesagt, lieber Sohn, schon vor Jahr und Tag, Du hätt'st nichts dagegen.

Adolf: Ne, wie gesagt, garnicht. Ich finde es bloß 'n bischen komisch und nicht ganz feinfühlig, offen gestanden, daß Du 's so ... na, daß Du so alle die Sachen zusammenkaufst, die früher der Professor im Atelier gehabt hat.

Max (roth werdend): Woher weißt Du denn das?

Adolf: Ach, das erfährt man. (Kleine Pause.) Man erfährt überhaupt so manches, mein Junge. Nun ernstlich: sag' mal, Max: Was denkst Du Dir denn eigentlich so bei der ganzen Geschichte?

Max (sieht ihn unsicher an): Bei welcher Geschichte?

Adolf: Na, es giebt doch blos eine.

Max: Ich weiß von keiner.

Adolf: Na, die Affaire hat doch ganz unzweifelhaft auch 'ne geschäftliche Seite.

Max: Ach, die Affaire und die Geschichte und die Affaire! Ich weiß von keiner Geschichte, ich weiß von keiner Affaire.

Adolf: Soll ich vielleicht sagen, das Rettungswerk, oder ist Dir vielleicht lieber das Werk der Liebe? — Das ist doch ganz würdig: Affaire Crampton.

Max: Das weiß ich ja längst, daß Du für so was nur Hohn und Spott hast.

Adolf: Wieso denn Hohn? Das möcht' ich wissen. Ich möchte ganz einfach, daß Du Dir klar machst, was Du beginnst. Du hast Dir 'ne Wohnung gemiethet für dreitausend Mark.

Max: Mit zwei Ateliers, das ist garnicht theuer.

Adolf: Gut! Bon! Aber weiter. Du willst mit dem edlen Dulder zusammen wohnen.

Max: Der edle Dulder? Wer ist denn das?

Adolf: Mein Junge, so laß doch die Nebensachen. Die Hauptsache ist, Du willst ihn doch retten. Du machst ihm doch da ein Nest zurecht, nicht? Du denkst Dir, Ihr werdet dort miteinander hausen, getrennt von einander und doch in holder Gemeinschaft.

Max: Nun, hältst Du das denn für so unsinnig, Adolf?

Adolf: Nu laß mich mal ausreden. Das ist ja ganz hübsch. Die Idee ist recht niedlich. Aber wenn nun dieser edle Dulder ... Was denn dann, wenn er nun partout nicht davon abgeht, wenn er nun partout dabei bleibt, blos — blos flüssige Nahrung zu sich zu nehmen.

Max: Du, es kostet mich Ueberwindung zu antworten. Der Mann wird verhöhnt und mit Steinen geworfen, und jeder Wicht hackt auf ihm rum. Ich will Dir was sagen: für den Mann bürge ich. Ach, lache meinetwegen, ich sag' es noch mal: ich bürge für ihn mit Haut und Haaren. Hör' Du nur Leute reden, die seine Verhältnisse genau gekannt haben. Man hat ihn ausgenützt, man hat ihn ausgesaugt. Blutsauger haben ihn ausgesaugt. Weltunerfahren ist er, gutmüthig, wohltrauend ...

Adolf: Und rechnen ist nicht seine starke Seite.

Max: Nein, Rechnen ist nicht seine starke Seite. Dafür hat er andere starke Seiten. Was er braucht, ist Ruhe. Menschen, die ihn verstehen und ihm die kleinen Sorgen des Lebens abnehmen. Und hat er das, dann bürg' ich für ihn.

Adolf: Nun, hoffen wir nur, daß Du Dich nicht täusch

Max: Ich täusche mich nicht. Ich kann mich nicht täuschen. Horch' doch mal zu, was Fräulein Trudchen erzählt. Sein größtes Unglück war seine Frau. Eine herzlose, aufgeblasene, leere Person. Dumm und adelsstolz obendrein . . .

Adolf: Das erzählt Fräulein Trudchen?

Max: Das erzählt sie nicht gerade, aber man spürt's doch heraus.

Adolf: So, man spürt es heraus — Nu sag' mal, Max! Hast Du Dich mal auf's Gewissen gefragt? — Ich meine so über Deine Motive.

Max: Ach Du, das Aufziehen kann ich nicht leiden.

Adolf: Na hör' mal! Aufziehen? Das nennst Du aufziehen? Ich einfacher Mensch, ich hab'n Interesse daran in die Art und Weise 'nen Einblick zu gewinnen, wie 'n genialer Mensch denkt und handelt, und das nennst Du Aufziehen? Aufziehen, Du das ist ganz was anderes. Wenn ich Dich zum Beispiel fragen würde: Wie geht's dem Schwiegerpapa? Oder: Wenn denkst Du denn Hochzeit zu machen? Oder: Bist Du auch sicher, daß sie Dich mag? Ho ho, mein Lieber, das ist garnicht so sicher. Wer weiß, ob sie nicht gar schon längst verlobt ist? — Aber hör mich mal an, — ne, allen Ernstes: Wenn Du Glück haben willst, — nur Melancholie, nur Melancholie, mein Junge. Melancholie zieht am allerbesten. Im Busen das Weltweh, verstehst Du wohl! Das macht bei den Mädels den meisten Effekt.

Max (der nur mit Widerstreben den Bruder angehört und mehrmals vergebens versucht hat, ihn zu unterbrechen, nimmt die Hände von den Ohren, die er sich zuletzt zugehalten und stößt wüthend heraus): Ach, Mädel, was Mädel, das is kein Mädel!

Adolf: Ho, ho! — Na weißt Du mein Junge, das ist nun absurd.

(Max und Adolf müssen beide herzlich lachen.)

Max: Ne, Adolf, hör' mal, Dir ist nichts heilig.

Adolf (Er lacht heftig und scheinbar unmotivirt): Ne, wenn ich bran denke, mein erster Besuch bei dem Schwiegerpapa (Er kopirt ihn mit großer Uebertreibung in Worten und Bewegungen) Was glauben Sie, was glauben Sie? Ein Vormund sind Sie? Sie werden mich umbringen. Ob der Bursche Talent hat? Ich habe selbst kein Talent. Was glauben Sie, was glauben Sie. Ich bin keine Pythia. Ich kann nicht aus den Eingeweiden weissagen. (Mit einem Seufzer der Erschöpfung, immer lachend). Der edle Dulder kann nicht aus den Eingeweiden weissagen. Es war eine erhabene Entrevue.

Adolf (nach einer Pause): Wo ist denn nun der Professor eigentlich?

Max: Ja, wenn ich das wüßte, wär' mir auch wohler.

Adolf: Hast Du denn gar keine Spur von ihm?

Max: Gar keine bis jetzt. In der Akademie ist nichts zu erfahren. Das Faktotum, der Löffler, ist nirgends zu finden. Nicht auf der Straße, nicht in der Wohnung. Ich befürchte mitunter das Allerschlimmste.

Adolf: Ja, lieber Gott! gefaßt muß man sein.

Max (heftig): Na siehst Du 's, na siehst Du 's, nu sagst Du 's selber. Und früher, da hast Du nur immer gelacht. Nu wird Dir selbst Angst, siehst Du, siehst Du! Was habe ich gesagt am zweiten Tage: Man muß auf das Allerschlimmste gefaßt sein. Der Mann ist im Stande, er geht in's Wasser. Der Mann erschießt sich, hab' ich gesagt.

Da haft Du gelacht und mich eingewiegt. Du haft Dich verschworen . . .

Adolf: Ich hab' nicht geschworen.

Max: Stein und Bein haft Du geschworen und nun sitzen wir da. — Ich laufe rum, ich Narr, ich Esel! Und baue mir, wer weiß 'was für schöne Luftschlösser . . .

Adolf: Und kaufst so viele Sachen zusammen.

Max: Ach, die paar Sachen, die kümmern mich garnicht. Hätt'st Du Dich nur lieber 'n bißchen thätig gezeigt. Du prahlst ja sonst so mit Deiner Findigkeit. Aber ich sag' Euch, Kinder, is ihm was passirt, dann sucht mich. Dann hat es am längsten gedauert. Dann könnt Ihr sehen, wo Ihr mich findet.

Adolf (hat unter heftigem Lachen mehrmals vergeblich versucht, ihn zu unterbrechen): Herr Jesus! Herr Jesus! Was soll man denn machen? So komm' doch blos zu Dir! Er is ja gefunden. Ich hab' ihn ja längst entdecken lassen. Die ganze Sache ist längst erledigt.

Max (stutzt, rennt auf Adolf zu, packt und schüttelt ihn): Nu sag' mal, Du Kerl, Du?!

Adolf: Nu, was ich Dir sage.

Max (tanzt in einem Ausbruch höchster Freude mit Adolf herum): Du Prachtkerl! Du Prachtkerl! (Er läßt Adolf los und sinkt auf ein Sofa.) Ach, freut mich das riesig.

Adolf (erschöpft): Du bist aber wirklich noch sehr, sehr jung.

Vierter Akt.

Ein kleines, schmales, sogenanntes möblirtes Zimmer. Das Möblement besteht aus einem billigen Sofa, einem wackligen Tisch, einem eisernen Waschständer, einem Vertico, einem Bett und einigen Stühlen. Auf dem Vertico zwei billige Miniatur-Gypsbüsten. Ueber dem Sofa an der Wand hängt ein Oeldruck. In der Ecke steht ein Kachelofen. In der Rückwand sowie in der rechten Seitenwand je eine Thür. Professor Crampton liegt auf dem Sofa, ein nasses Handtuch turbanartig um seinen Kopf geschlungen und spielt mit zwei jungen Leuten Karten. Er ist mit einem alten Schlafrock bekleidet, hat ein Federkissen im Rücken und zur Seite auf einem Stuhl ein Becken mit Wasser. Auf dem Tisch halbleere Biergläser. Die beiden jungen Leute, Hennig und Weißbach stehen im Alter zwischen achtundzwanzig und dreißig. Der Ausdruck ihrer Gesichter zeugt von nur mäßiger Intelligenz. Hüte und Ueberzieher der beiden liegen auf einem Stuhle. Ein alter italienischer Radmantel des Professors, sowie der Fez, auch ein breitkrämpiger Künstlerhut sind an der Mittelthür aufgehängt. Stöße von Büchern, Bände alter Zeitschriften sind auf dem Vertico den Stühlen und sogar auf der Diele angehäuft. Eine Mandoline liegt neben den Biergläsern auf dem Tisch. Es ist Nachmittags gegen halb sechs. Auf dem Tisch brennt eine Lampe. Die Spielenden rauchen stark.

Crampton (trällert): Sul mare lucica (schlägt eine Karte auf) Das — und das — und das — Ich danke, meine Herren. Ich habe genug. — Sul mare lucica.

Weißbach: Stenzel giebt Karten.

Stenzel: Herr Professor, es geht auf sechs. Ich glaube, wir müssen jetzt aufbrechen.

Weißbach: Ach richtig, wir haben heut Abendakt.

Crampton (Er mischt die Karten, dudelt): Ich bin ein freier Mann und singe. — Wollen Sie wirklich gehen? — Von sechs bis acht haben Sie Akt? Um acht kommen Sie wieder, nicht?

Weißbach: (mit Bezug auf Stenzel): Er wohnt bei seiner Mutter, Herr Professor. Die will ihm den Hausschlüssel nicht mehr geben.

Crampton (leichthin): Lassen Sie sich scheiden, Stenzel. Lassen Sie sich von Ihrer Mutter scheiden. Ich lasse mich von meiner Frau auch scheiden, mein Lieber! (Er wirft die Karten zusammen.) Nun also, machen wir Schluß, meine Herren! — Kommen Sie nur um acht Uhr wieder. Kommen Sie nur bestimmt. (Enthusiastisch) Ich habe ein Paar reizende Scherzchen für Sie. Ein paar kostbare Bocaccio-Geschichtchen. Allerliebste Dingerchen, Allerliebst. Sie kennen doch Bocaccio, den göttlichen Schwerenöther. Nicht? Ach, laßt Euch begraben, Ihr Provinzialen

Stenzel: Herr Professor, Bocaccio ist uns zu unmoralisch.

Crampton (lachend): Ein köstlicher Einfall, mein lieber Stenzel. Ich will Euch was sagen. Er ist zu graziös für Euch. Ihr habt einen Magen für Erbsen und Schweinefleisch. Ihr jungen Leute hier in der Provinz, Ihr liebt wie Gorillas; ja ganz wie Gorillas! — Na, geht nur, geht, (gutmütig spöttisch) damit Ihr nichts versäumt. Damit Ihr nicht zu spät kommt in Eure Drillanstalt! (lachend). Sonst müßt Ihr nachsitzen — — furchtbar komisch.

(Stenzel und Weißbach ziehen lachend ihre Ueberzieher an. Selma, eine Kellnerin kommt herein. Man bemerkt durch die offenstehende Thür ein Billard und Gäste, welche die Queues treiben.)

Crampton (nimmt die Mandoline, spielt und singt dazu mit Empfindung und Feuer die erste Strophe von „Santa Lucia.")

So, schöne Selma, so girrt man in Italien. Aber hier bei
Euch ist es wie ein Grünzeughandel — (wiederholt den letzten Vers)
— Bringen Sie mir etwas zu trinken, mein Kind und etwas
Rauchbares! (zu den jungen Leuten) Was soll man machen? Man
raucht und trinkt, man trinkt und raucht.

Selma, (indem sie die Gläser abnimmt und den Tisch abwischt): Sie
rauchen wirklich zuviel, Herr Professor. Den ganzen Tag und
die ganze Nacht.

Crampton (blasirt): Was soll ich machen? Ich kann
nicht schlafen. Man raucht und liest und spült Bier hinunter.
A propos, lieber Stenzel, Bücher, Bücher! Sie sagten doch:
alte Gartenlauben, alte Illustrirte. Bringen Sie mir, was
Sie haben. Ich bin dankbar für alles. Ich brauche nicht
essen, aber lesen muß ich. (Er nimmt sich den Umschlag ab.) Ihr
lest zu wenig, Ihr jungen Künstler. Ihr seid Ignoranten
schlimmster Sorte. Ihr wißt von Gott und der Welt
nichts. Kennen Sie Swift? Nein. Kennen Sie Smollet,
kennen Sie Thakeray, kennen Sie Dickens? Wissen
Sie, daß ein Mann Namens Byron einen „Kain" geschrieben
hat? Kennen Sie E. T. A. Hoffmann? Ihr seid Igno=
ranten schlimmster Sorte.

Selma (die mit den leeren Gläsern fortgegangen war, kommt mit einem
vollen zurück. Sie trällert:)
Die Alma war so schön,
So schön wie eine Taube,
Und als ich sie besah,
Da war's ne alte Schraube.

Weißbach: Adieu Herr Professor! wir werden uns
bessern.

Stenzel: Herr Professor! das hätt ich beinah ver=
gessen. Mich hat Jemand gestern nach Ihrer Wohnung
gefragt.

Crampton (geht umher, finster): Ich wohne nirgend, nirgend
mein Lieber.

Stenzel: Ich hab' auch gesagt, ich wüßte nicht, wo Sie wohnen.

Crampton: Recht, Stenzel, recht, ich wohne nirgend. — Wer fragt denn nach mir?

Weißbach: Sie wissen doch, Strähler, der relegirte Maler. Er hat mich auch schon nach Ihnen gefragt.

Crampton (aufgebracht): Was geh' ich die Menschen an, frag ich blos. Sie sollen mich endlich in Frieden lassen. — Nun machen Sie's gut, Stenzel! Machen Sie's gut, Weißbach.

Stenzel:
Weißbach: } Adieu, Herr Professor!

Weißbach (zwickt im Vorbeigehen Selma in den Arm).

Selma: Ach, geh' nach Haus, Aff' Du.

(Stenzel und Weißbach lachend ab. Im Restaurationszimmer wird Billard gespielt.)

Crampton: Langweilige Peter. Entsetzlich langweilig. — Mein liebes Kind, Du bist zu bedauern. (Er zieht den Schlafrock aus und die Sammtjacke an.)

Selma: Ach, ich, wieso?

Crampton: Gefällt Dir das Leben?

Selma: Was soll ich machen?

Crampton: Das ist die Frage.

Selma (zögernd): Aber Sie, Herr Professor, Sie thun mir leid.

Crampton: Ich? Ha, ha! noch besser. (ungeduldig) Nun, geh' nur, geh' nur!

Selma: 'n Mann wie Sie, Herr Professor, der müßte doch raus kommen aus diesem Leben. Wenn Sie nur wollten, das müßte doch gehen. Statt dessen ruiniren Sie Ihre Gesundheit.

Crampton (mit tragikomischer Verzweiflung): O dio mio! — (kurz und mißlaunig abwinkend) Nun laß mich schlafen. (Er streckt sich auf's Sofa. Selma ab.)

Draußen beginnt wüster Kneipengesang. Nun klopft es mehrmals hastig, und als der Professor nicht antwortet, wird die Mittelthür von außen geöffnet. Mehrere rothe Biedermannsgesichter blicken durch den Spalt, und ein Mensch in gestickten Schlafschuhen, an Wäsche und Kleidern unsauber, mit einem gemeinen und bleichen Gesicht kommt herein: Es ist Kaßner, der Inhaber der Restauration.

Kaßner: Herr Professor, Sie entschuldigen.

Crampton (schrickt auf): Was, was soll ich entschuldigen?

Kaßner: Es sind a Paar Herr'n hier, die lassen um die Ehre bitten.... ob vielleicht der Herr Professor so freundlich sein wollten und mit den Herr'n a Glas leeren.

Crampton (brüsk): Was sind das für Herren?

Kaßner: 'S is a kleener Verein, Herr Professor!
(Kunze und Seifert, zwei dicke, angeheiterte Philister, kommen herein.)

Seifert: Sie werden entschuldigen, Herr Professer, mir haben gehört, daß Sie hier sind; und da mir heut grade alle so vergnügt sind. Und da mir heut alle grade mal so vergnügt beisammen sind, da wollten mir Sie heflich gebeten haben, Herr Professer....

Crampton: Kennen Sie mich denn?

Seifert: Herr Professor, Sie sind 'n großer Künstler, Sie sind 'n Kunstmaler, ich bin blos 'n eenfacher Maler. Aber deshalb: Menschen sind mir alle. (Mit Rührung) Und wenn man a guttes und treues Herze hat, spreche ich .. Da hier, sprech ich, der Brustfleck, das is die Hauptsache. Und da sind mir Ihnen vielleicht nicht zu niedrig. Und Sie steigen vielleicht heut Abend a mal zu uns herab und leeren vielleicht a mal a Glas mit uns und stoßen vielleicht a mal mit uns an, und wenn's och blos mit eenen eenfachen Stubenmaler is, Herr Professer.

Kunze (während an der Thür noch mehrere Gäste und die Kellnerin stehen und lachend zuschauen): Sie brauchen sich unsrer nicht zu schämen, Herr Professor. Wenn wir och einfache Leite sind. Wir haben Achtung vor der Kunst.

Crampton (scheinbar gleichgültig, leichthin): Nun ich hab' nichts dagegen, ich hab' nichts dagegen.

(Ein „Bravo" erschallt. Auch die Zuschauer in der Thür applaudiren. Kunze und Seifert fassen Crampton jeder unter einen Arm und führen ihn im Triumph und mit wiederholten Bravorufen ab.)

Kaßner (nachlaufend): Herr Professor, Herr Professor! die halten Sie warm, die Brieder haben Puttputt, mehr wie erlaubt ist. (Ab. Ein kurzes Bravorufen mehrerer Stimmen. Während des Rufs wird die Thür rechts von außen aufgeschlossen und geöffnet. Löffler und Max Strähler treten ein.)

Löffler (läßt Max vorangehen): Treten Se ok rein, Herr Strähler!

Max (sich umsehend): Hier wohnt der Professor?

Löffler: Nu hern Se ok den Teeps. Das geht nu von Abends sechse an bis a andern Morgen um sechse, sieben. Es is a Elend, a schreckliches Elend!

Max: Ja sagen Sie, Löffler, weshalb hat er sich denn dieses Loch hier ausgesucht?

Löffler: Nu, das will ich Ihn gleich sagen; die Sache is so: der Mann hier, den sind mer sechzig Mark schuldig. Nun hat er um das Geld ni zu verlieren, den Professor ufgenommen. A spikelirt nämlich uf de Verwandten. Da ist er doch aber schief gewickelt. Und jetzt merkt ersch och schonn, daß er sich a bissel verspikelirt hat, denn a is doch nu schonn bald acht Tage da, der Professer, und's kräht keen Hahn nach 'm. Wer weeß nu, wie lange das wird noch halten dahier.

Max: Wo ist er denn hin, der Herr Professor?

Löffler: Nu a wird wohl drinne in der Gaststube sein. — Nu sehn Se mal an, nu der Gastwirth derhinter kommt, uf die eene Art geht's nich, da versucht ersch uf die andre. Nu benutzt a a Professor, sowie als Zugmittel.

Max: Nun hören Sie mal auf mich. Hier stecken Sie sich zunächst mal das Geld ein. (Er giebt ihm einen Schein.) Davon bezahlen Sie erst mal die Schulden hier. Und dann muß der Professor unbedingt aus dem Bums hier heraus kommen.

Löffler: Ja sehn Se, das is die Sache. Der Mann hat een Kopp — ich sag' Jhn, Herr Strähler, een Kopp hat der Mann — wenn der sich den uffsetzt — o je ne! da is alles umsonste. Ja, wenn der den Kopp nich hätte — Nu sehn Se, hier is der reene Gift fer den Mann. De Kneipe, na? — und der Bierapparat loft a ganzen Tag. Und hier sitzt a, na? — und da braucht er blos ruffen und da kommt's Mädel. Und das Mädel das is Jhn vernarrt in den Mann. Und was er bestellt, das bringt s'n halt. Und wenn der Gastwirth kee Bier gibbt, da zahlt s' es stillschweigend aus ihrer Tasche. Nu bleibt der Mann halt in eenen Trinken. Nu nehmen Se mal an, was soll dadraus werden?! Und sag ich zu'n, Herr Professor, mer werden versuchen 'ne Stelle zu kriegen, da spielt a sich uff. Stolz is Jhn der Mann. — Wenn der ni so stolz wär.... Da sind er schoun viele hier gewesen, die haben wollen helfen. Was soll ma nu machen? Wenn eener kommt, den schmeißt er zur Thire naus. (Stimmen nähern sich der Mittelthür.) Nu wird a erscht schimpfen, daß ich Sie gebracht hab. — Nu mag a schimpfen! (Der Professor kommt, gefolgt von Seifert, der um ihn herumscherwenzelt.) Gun Abend, Herr Professor!

Crampton: Guten Abend, mein Lieber. Gehen Sie hinein und lassen Sie sich Bier eingießen. (Löffler ab, zu Max.) Sie sind Akademiker, wie?

Max (der in einem dunklen Theile des Zimmers steht): Ja wohl! ich....

Crampton: Gut, gut, warten Sie!

Seifert (eifrig): Nu ja, Herr Professor, da wär'n mir ja einig. Wir sind's erschte Geschäft, das kenn' Se glauben. Und wenn mer zufrieden sind mitnander, da kenn' Se och Geld verdienen mehr wie genug. Ich kann Jhn sagen, ich bin kein schlecht situirter Mann.

Crampton (ungeduldig): Das glaub' ich, das glaub' ich.

Seifert: Nein, nein, Herr Professor! ich bin kein schlecht situirter Mann. Sie kenn' iberall rumfragen, iberall, iberall! Die besten Referenzen, Herr Professor. Sehen Sie, wir haben och Kunstsachen auszuführen; — o — und wissen Se, wenn wir einig werden, da hätt ich eine scheene Sache. Da kennt ich eine scheene Sache übernehmen. Da is in Görlitz . . . . Da wolln se so'n Konzertsaal ausgemalt haben.

Crampton (mit wachsender Ungeduld): Nun ja, lieber Herr, nun ja, nun ja. Ich will mir die Sache 'n mal beschlafen. Wenn ich Zeit gewinne, warum denn nich? Wollen sehn, wollen sehn. Dann also bis morgen.

Seifert: Nu nehmen Se's nich ibel. Bis morgen also.

Crampton: Recht, recht, lieber Herr; nun machen Sie's gut. (Seifert mit Verbeugung ab.)

Max (tritt ein wenig vor): Guten Abend, Herr Professor. Ich möchte mir erlauben, mich nach Ihrem Befinden zu erkundigen.

Crampton (streckt sich auf das Sofa mißlaunig): Recht, recht, mein Lieber. Wie heißen Sie doch?

Max: Mein Name ist Strähler.

Crampton: Ach richtig, Strähler. — Nun, lieber Strähler, Sie sind wohl Maler.

Max: Gewiß, Herr Professor! Ich habe sogar bei Ihnen gemalt.

Crampton: Ach ja, ich erinnere mich. Strähler, Strähler? wohl drüben in der Drillanstalt? Wohl als ich noch drüben meine Zeit vergeudete? Ja sehen Sie Bester, diese Zeit ist in meinem Gedächtniß so ziemlich ausgelöscht. — Ach freilich, freilich! Sie wurden davon gejagt? Sie hatten ein Bischen Talent, nicht wahr? Und wurden deshalb davon gejagt?

Max: Man hielt es für gut, mich auszuschließen.

Crampton: Sie kamen dann oft in mein Studio, freilich! Es war ein recht hübsches, gemüthliches Studio. Mein Atelier war gemüthlich, nicht wahr? Ich hatte mir nach und nach etwas gesammelt. Erinnern Sie sich meiner gothischen Truhe? Meiner Meißner Porzellane?

Max: O ja, recht gut.

Crampton: Und der reizenden Bronzen? — Da hatte nun alles seine Geschichte. Nun einerlei, es muß auch so gehen! — Sie haben mir das ja nun alles genommen. — Ich habe einstweilen hier gemiethet. Es ist ja ganz leidlich, ein bischen finster, indessen ganz leidlich! — Wie war doch Ihr Name?

Max: Mein Name ist Strähler.

Crampton: Herr Strähler, Herr Strähler. (Kleine Pause.)

Max: Herr Professor, ich bin eigentlich hergekommen, Sie zu fragen, ob ich Ihnen vielleicht mit irgend etwas dienen könnte? Ich . . . .

Crampton: Ich wüßte nicht gleich — das heißt, mein Lieber, wenn Sie etwas thun wollen, bringen Sie mir Bücher. Ich lese fast immer. Ich kann nicht schlafen. Ich würde mich dankbar erzeigen, mein Lieber. Ich könnte Sie empfehlen, nach Weimar, nach Wien. Ich habe die besten Verbindungen überall.

Max: Haben Sie Nachricht von Ihrer Fräulein Tochter, Herr Professor?

Crampton (vom Sofa emporschnellend, kurz und abweisend): Was geht Sie meine Tochter an, junger Mann?

Max: Vielleicht erinnern Sie sich doch, Herr Professor, daß Sie mir vor noch nicht langer Zeit den Beweis eines großen Vertrauens gegeben haben.

Crampton (sich über die Stirn fahrend): Ach, ja wohl! ja wohl! das heißt . . . .

Max (bescheiden, doch mit Festigkeit): Herr Professor! ich war der Meinung, dadurch das Recht erworben zu haben, den Namen Ihrer Tochter auszusprechen.

Crampton: Nun gut, nun gut, dann thun Sie mir einen Gefallen. Es ist hier so eine Atmosphäre . . . .

dann sprechen wir wenigstens an diesem Orte nicht von meiner Tochter.

Max: An diesem Ort? Gut, Herr Professor. Dann möcht ich mir aber zu fragen erlauben, an welchem andern Ort darf ich denn mit Ihnen von Ihrer Tochter sprechen.

Crampton: Am liebsten garnicht, am liebsten garnicht.

Max: Nur. wenn Sie wünschen. — Dann möchte ich nur noch eine Frage stellen. Warum .... doch das ist nicht so leicht, Herr Professor. Mit einem Wort, es schmerzt mich zu sehen, wie Sie hier in einem engen, finsteren Raume leben, wo Sie nicht mal Licht zur Arbeit haben und Ihrer Gesundheit auf's äußerste schaden. — Herr Professor! würden Sie mir nicht gestatten .... Ich versichere Sie, es würde mich beglücken, es würde mich stolz machen, wenn ich etwas thun könnte für einen Mann, den ich so hoch verehre, wie Sie, Herr Professor. Können Sie sich denn nicht entschließen, mir das Vertrauen zu schenken?!

Crampton (ein wenig milder, aber immer abweisend): Aber lieber Freund, was glauben Sie denn? Ich wohne hier, weil es mir behagt, hier zu wohnen. Ich finde es hier durchaus erträglich. Man hat mir mein ganzes Material genommen. Sonst könnte man hier sogar etwas arbeiten.

Max: Erlauben Sie mir wenigstens, Ihnen das Material zu schaffen.

Crampton: Ja thun Sie das, thun Sie das. Ich bin kein Spielverderber. Aber wissen Sie, es liegt an mir, ich bin müde. Die Aufträge kommen geflogen, aber ich bin müde. Da soll ich zum Beispiel jetzt einen Konzertsaal aus= malen. Der Mann bedrängt mich. Ich hätte eine recht nette Idee im Kopfe, aber wie gesagt, ich bin müde. Ich hatte mir gedacht für den Plafond, wissen Sie, ein rundes Bildchen. Etwa den Naturlaut. Da hatt' ich mir gedacht ein Meer, wissen Sie, den Ozean und den Sturm, der ihn aufwühlt. Und mitten im Ozean da hatt' ich mir einen Felsen gedacht und Giganten, die den Felsen auseinanderreißen. Und aus dem Spalt, wissen Sie, da sollte das Feuer hervordonnern, ja es müßte förmlich hervordonnern, mein Lieber. — Wie? — Was? — Bin ich ein alter Gaul? Habe ich Sägespäne im Kopf? (in Extase) Sie sollen nur kommen! Sie sollen mir das nur nachmachen, diese Anstreicher und Kuchenbäcker von der Drillakademie. (Er geht umher.)

Max: Erinnern Sie sich noch meines Bruders, Herr Professor?

Crampton: Ein dicker Krämer, nicht wahr, mein Lieber?

Max: Ein dicker Krämer, ja wohl, Herr Professor! Ich habe auch eine Schwester hier am Ort. Sie wohnen zusammen, mein Bruder und meine Schwester.

Crampton (zerstreut): So? freut mich, freut mich. Vertragen Sie sich?

Max: Das auch, Herr Professor.

Crampton: Recht, freut mich, mein Lieber!

Max: Ich bin deshalb auf meine Schwester gekommen ... Meine Schwester läßt Ihnen durch mich, Herr Professor, eine Bitte vortragen.

Crampton (außer sich): Um Gotteswillen! ich soll sie wohl malen. Mein Allerliebster, mein Allerliebster! Ich bedanke mich höflich. Ich werde mich hüten. Den Kneipwirth soll ich malen für fünfzig Pfennig. Ein Grünzeugweib soll ich abklatschen für einen Topf saure Gurken. Ein Portrait, mein Freund, kostet sechshundert Thaler; nicht mehr und nicht weniger. Ich kann mich nicht wegwerfen. Also wenn Sie das wollen, dann stehe ich zu Diensten.

Max (aufstehend ihm die Hand hinstreckend): Ein Mann ein Wort, Herr Professor!

Crampton: Mensch, sind Sie von Sinnen?

Max: Nicht im Geringsten. Es handelt sich nämlich um ein Geschenk, Herr Professor. Mein Bruder Adolf ...

Crampton: Ich denke die Schwester.

Max (in Verlegenheit stotternd): Das heißt, meine Schwester die soll gemalt werden.

Crampton: Ihr Bruder bestellt es.

Max (erröthend): Mein Bruder bestellt es.

Crampton: Nun, lieber Strähler, wenn das Ihr Ernst ist. (Mit schlecht verhehlter Freude) Darüber kann ich unmöglich böse sein.

Max: Und nun, Herr Professor .... ich muß doch noch einmal ... Ich soll Sie von Ihrer Tochter grüßen.

Crampton (wendet sich, um seine Bewegung zu verbergen, von Max ab): Na aber, aber, wie kommen Sie dazu?

Max (stockend): Da Sie Ihre Adresse so streng verheimlicht haben, so hat Fräulein Gertrud sich an mich wenden müssen.

Crampton: Sie korrespondiren mit meiner Tochter?

Max: Ich korrespondire .... Das heißt, Herr Professor, ich bin ja der einzige, durch den Fräulein Gertrud etwas über Sie zu erfahren hoffte.

Crampton: Und hinter meinem Rücken, mein Lieber? Was soll das heißen? Was soll das heißen?

Max: Das heißt .... nicht eigentlich .... Es war Fräulein Gertrud, wie ich herausfühlte, entschieden kein lieber Gedanke, zu den Großeltern zu reisen. Und da ....

Crampton (bitter auflachend): Das will ich glauben! Das will ich glauben! Was wird man dem Kinde die Hölle heiß machen! Wie wird man auf ihrem Papa herumhacken. Das will ich glauben. Da heißt es nur immer: kreuzige, kreuzige! und wenn sie nicht einstimmt — dann ist sie verloren. Die lieben Verwandten! die guten Seelen! Die Frau ist ein Engel. Meine Frau ist ein Engel. Ein Engel vom Himmel, — recht! Mag sie's bleiben.

Max (nach einer Pause): Ich weiß auch, daß Fräulein Gertrud sehnlichst wünscht, Sie wiederzusehen, Sie zu besuchen, Herr Professor.

Crampton: Ich kann sie nicht brauchen! Ich kann sie nicht brauchen! Sie sehen ja selbst, ich kann sie nicht brauchen. Ich führe ein Leben — ein Hundeleben! Für mich ist es gleichgültig, so oder so. Man ist doch verschüttet! Man ist gänzlich verschüttet! — Ich kann Sie nicht brauchen, mein lieber Strähler.

Max: Da hat mich meine Schwester beauftragt, Sie recht herzlich zu bitten. Es würde ihr eine Freude sein, Fräulein Gertrud bei sich aufnehmen zu können.

Crampton (sich wiederum wegwendend): Nun aber, aber! Was sind das für Dinge? Nein, nein, mein Lieber, das ist ja nicht möglich. Die weite Reise im Winter, mein Lieber. Es ist auch wohl besser. Es ist auch wohl besser.

Max: Sie könnten sich doch so leicht überzeugen, wenn Sie uns nur mal besuchen möchten. Fräulein Gertrud wäre bei meiner Schwester ganz gewiß gut aufgehoben. Sie kennen sich beide vom Conservatorium.

Crampton: Aber, lieber Strähler, ich zweifle ja gar nicht.... (die Rührung läßt ihn nicht weiterreden). Es ist ja auch schließlich ganz selbstverständlich, daß ich mich freuen würde, das Kind in der Nähe zu haben. Sie wissen ja gar nicht, was das für ein Kind ist. Was das Kind für ein kluges, gescheidtes Köpfchen hat. Wie gerecht dieses Kind, dieses Backfischchen denkt. Und wie tapfer das kleine Mädchen sein kann. Sie ist zuweilen nicht gut mit mir umgesprungen. Sie hat mir den Kopf gewaschen, sag ich Ihnen, aber sie hat mich dafür auch herzlich geliebt. Sie hat mich vertheidigt wie 'n kleiner Tiger. (Er zieht eine Photographie aus der Tasche) Da hab ich ihr Köpfchen. Ein süßes Köpfchen? Ein starkes Mädchen ....

Max: Ein Wort, Herr Professor, und sie ist hier.

Crampton: Ein Wort, mein Lieber? O, liebe Jugend! Das Wörtchen könnte uns übel bekommen. Ich kann sie nicht brauchen. (Seifert und Kunze kommen herein.)

Seifert (roth, vergnügt, angeheitert): Herr Professor, mir wollten noch mal iber eenen Punkt mit Ihn reden. Ich hab hier gleich meinen Compagnon mitgebracht. Kunze ist nämlich mein Compagnon. Wenn Ihn bekannt is, Kunze und Seifert. Sehen Se, wenn Se uns gleich mechten ne bestimmte Auskunft geben. Mir würden Ihn och frei Bier bewilligen. Mir trinken ja alle gern eenen, nich wahr? Da druf käm's uns nich an.....

Crampton (kurz, heftig): Wer sind Sie, was wollen Sie, meine Herren?

Seifert: Nu mir waren doch, denk ich, schon halb und halb einig.

Crampton: Ich weiß nicht, was Sie wollen? Mein Name ist Crampton, Professor Crampton, und wer sind Sie?

Seifert: Ich heeße Seifert.

Kunze: Ich heiße Kunze.

Crampton: Nun, Herr Hinz und Kunz, — oder wie Sie heißen — wie können Sie so ohne Weiteres in mein Zimmer eindringen? Wissen Sie vielleicht, was Anstand ist? Kennen Sie vielleicht die Gesetze der Höflichkeit? Ich bitte Sie jetzt uns allein zu lassen.

(Seifert und Kunz ziehen sich consternirt zurück.)

Seifert (mit Bücklingen): Se werden entschuldigen! Se werden entschuldigen!

Kunz: Entschuldigen Sie mich gütigst. Empfehle mich sehr!

Crampton (ruft ihm nach): Sie sind schon empfohlen. Sie sind schon empfohlen. (Löffler kommt) Nun sagen Sie, Löffler, was sind das für Menschen? Ueberfallen mich hier in meinem Zimmer. Ich bin meines Lebens nicht sicher vor diesen Menschen. Ich ziehe aus. Ich ziehe sofort aus, ich bleibe nicht hier. Nicht eine Minute bleibe ich mehr hier. Löffler, zahlen Sie unsere kleine Rechnung. Legen Sie diese paar Pfennige aus. Eine gute Wohnung, Löffler, eine gute Wohnung. Und dieser junge Mensch hat jeder Zeit Zutritt.

(Er setzt den Hut auf, hängt den Radmantel um.) Und was das Portrait anbelangt, lieber Strähler; es wäre mir recht, wenn wir bald damit anfangen könnten. Von nächster Woche ab bin ich besetzt, da werd ich nicht wissen, wo mir der Kopf steht.

Kaßner (bringt eine Tasse Kaffee).

Crampton (fährt ihn an): Was bringen Sie da? Ich danke für Milchwasser. Es paßt mir nicht mehr. Ich ziehe aus.

Kaßner: Nu ziehn Se, ziehn Se, aber erscht bezahlen. Mir paßt schonn lange nich, kennen Se sich denken. Sie wollen nur nich arbeiten, weiter wollen Sie nischt. Sie kennten die schenste Arbeit kriegen. Die Malermeester sind nur reiche Leute.

Crampton: Der Mann ermordet mich, lieber Strähler! Der Spelunkenkönig bringt mich von Sinnen.

Max: Dann gehen wir doch voraus, Herr Professor.

Kaßner: Erscht Heller fer Fennig, dann kann er gehn.

Crampton (zu Strähler): Wir gehen, mein Lieber. Begleichen Sie's, Löffler.

Löffler: Heut geht's amal grade. — (Zu Kaßner) Was sind mir denn schuldig?

(Max mit dem Professor, der ihn untergefaßt hat, ab.)

Kaßner: Was heßt denn das nu?

Löffler: Nu, so a Prosessor, der muß doch Geld haben

Fünfter Akt.

Ein Atelier in der von Max neu gemietheten Wohnung. Es ist in der Hauptsache mit Gegenständen aus dem ehemaligen Atelier des Professors Crampton ausgestattet und zwar in ähnlicher Anordnung. Verschiedene Gegenstände haben noch nicht ihren Platz gefunden und stehen umher. Eine kleine Thür rechts, eine kleine Thür mit Klingel links. Die Hinterwand nehmen große Atelierfenster ein.

Max und Gertrud winterlich kostümirt treten athemlos von links ein. Ihre Gesichter sind glückstrahlend, vom Laufen geröthet, und eine frohlockende Lustigkeit hat von ihnen Besitz genommen.

Max (Hut abwerfend, Ueberrock abreißend): Da sind wir!

Gertrud (Barett lösend): Da sind wir!

Max (sieht sie an): Nun?

Gertrud (wird roth): Nun?

Max: Gertrud! (Er nimmt sie in die Arme und preßt sie unter Küssen an sich).

Gertrud: Max! — (Sie macht sich los.) Nun aber schnell, wir wollen ja räumen.

Max: Nun aber schnell! (Beide laufen rathlos umher.)

Gertrud: Ja, was denn zuerst?

Max (bleibt stehen): Ich bin athemlos.

Gertrud (ebenso): Ach, ich auch. Wir sind so gelaufen.

Max (rennt, schließt die Thür): Wart! erst mal schließen! (Er kommt auf sie zu) Und nun . . . . .

Gertrud (in holder Angst): Was denn nun?

Max: Nun warte! (Er hascht sie und küßt sie ab.)

Gertrud: Au, au! — Aber Max, wir wollen doch räumen.

Max (von ihr ablassend, rennt durch alle Zimmer. Aus voller Brust rufend): Hurrah, Hurrah! wieder im Atelier) Ach Du, ich bin unsinnig.

Gertrud (erstaunt vor der gothischen Truhe): Was ist denn das?

Max: Papas Truhe.

Gertrud (vor dem Silenus): Und das?

Max: Papas Silenus.

Gertrud: Aber, liebstes Märchen, was soll denn das heißen?

Max: Ich habe mich ganz einfach dahinter gelegt und gesucht, bis ich alles zusammen hatte. Hier, sieh mal, die Gobelins.

Gertrud (erstaunt): Ach!

Max: Hier die Schweinslederbibel, das Tigerfell. Der Tisch ist neu, aber das merkt er nicht.

Gertrud: Du rührendes Menschchen! Wie seelensgut bist Du!

Max: Es ist keine Zeit mehr. Wir müssen ja räumen.

Gertrud: Ja richtig, räumen!

Max (den Silenus auf den Tisch hebend): Den stellen wir hierher.

Gertrud: Da ist ja das Bildchen, wo Du das Modell bist.

Max: Das stellen wir hierher.

Gertrud (das Bildchen betrachtend, welches nun auf der Staffelei steht): Du, weißt Du noch? (den Professor kopirend Stillsitzen, Strähler! Sie wackeln ja wie ein Tapergreis! (sie lachen beide.)

Max (nimmt ihren Kopf zwischen beide Hände): Ach, Gertrud, Gertrud!

Gertrud (in seiner Gewalt): Du, räumen, räumen, denk nur an's Räumen!

Max: Ich hab Dich, ich hab Dich und geb Dich Niemandem!

Gertrud (neckt): Nu räume doch, räume doch!

Max: Nie, nie verlassen! Du!

Gertrud: Nein niemals, niemals!

Max: Und wenn wir sterben, Eins mit dem Andern.
Gertrud: Eins mit dem Andern. (Küsse.)
(Kleine Pause.)
Gertrud: Du bist mir der Rechte, das nennt er räumen
Max: Ach ja, Gertrud! räumen. Papachen ist pünktlich.
Gertrud (mit gedämpftem Jubel inbrünstig): Das gute Papachen! Nun sehe ich ihn wieder. So glücklich! So glücklich! Nun bin ich so glücklich. (in tiefer Rührung die Stimme senkend. Mit Ueberzeugung). Nun wird er auch glücklich.
Max (jauchzt): Wir alle, wir alle! — Wohin denn, wohin denn?
Gertrud (schon im Nebenatelier): Entdeckungsreisen! — Ach Mäxchen, wie niedlich, wie wunderniedlich!
Max (mit Ordnen der Gegenstände beschäftigt): Dort werde ich arbeiten, und hier der Papa. — Du, komm doch! So komm doch, ich muß Dich sehen.
Gertrud: Nu such mich doch, such mich!
Max (stürmt in's Nebenatelier): Wart nur, Du Fliege! (Lachen, Kreischen, kleine Balgerei im Nebenraume.)
Gertrud (fliegt herein, gefolgt von Max. Zwischen Lachen, Uebermuth und Erschöpfung herausschreiend): Ich fliege, ich fliege!
Max: Ich will Dich schon zähmen! (Er hascht sie, sie entwindet sich. Er hascht sie wieder, sie entwindet sich zum zweiten Mal.)
Gertrud (erschöpft stillstehend, ihn mit den Händen müde abwehrend) Ach räume nur, räume!
Max (muß plötzlich lachen): Ach muß ich lachen.
Gertrud: Worüber denn lachen?
Max: Was hab ich nur für ein Gesicht gemacht? Wie hab ich gestottert!
Gertrud: Bist eben ein Stotterer.
Max: Du! ahntest Du etwas?
Gertrud: So dunkel, so dunkel. Aber weißt Du am Stadtgraben, bei Deiner Predigt, wie Du so ganz deutlich wurdest, da war mir doch unheimlich.
Max: Und mir etwas ängstlich.
Gertrud: Du armer Hase!

Max: Na warte, na warte! (Er fängt sie und läßt sie.)

Gertrud: Mein Haar, meine Kleider. Sei ruhig, Mäxchen! Jetzt müssen ja gleich die Geschwister kommen. (Mit einem unechten Seufzer) Was werden die sagen?

Max: Wir gratuliren.

Gertrud: Du? Wirklich nichts weiter?

Max: Nu, was denn noch weiter?

Gertrud: Du bist noch so jung, Max!

(Kleine Pause, Lachen.)

Gertrud (klatscht in die Hände): Das gute Papachen! Die Augen, die Augen! Ach, will ich ihn würgen, (halblaut, schelmisch) den Schwerenöther.

Max (mit gemachtem Erstaunen): Ich höre nicht recht.

Gertrud: Das alte Männchen, er kann nicht gut hören.

Max: Was, necken willst Du? Gleich hierher zur Strafe.

Gertrud (mit gemachter Gleichgültigkeit): Gleich, gleich werde ich kommen.

Max: Nun willst Du wohl folgen, sonst komm ich.

Gertrud: Ich kratz Dich.

Max: Mach doch!

Gertrud: O Du, ich kann böse sein. Wenn ich etwas nicht will, dann sag ich ganz einfach: (sie stampft mit dem Fuße auf) ich will nicht! ich will nicht!

Max: Wenn Dir's nur wird helfen? (Er eilt auf sie zu.)

Gertrud (hinter einen Stuhl geflüchtet): Nein, Max, was wir treiben! Die Schelte, die Schelte! Ich von Papa, und Du von der Schwester.

Max: Hu, wie ich mich fürchte.

Gertrud: Ja, stell Dich nur muthig!

Max: Hab ich was verbrochen?

Gertrud: Nein, wie der sich fromm stellt. Du bist doch blos schuld dran.

Max: Ich schuld dran? Na, hör mal! Wenn hier Jemand schuld ist . . . .

Gertrud (schnell): Bist Du's.

Max: Nein, bist Du's.

Gertrud: Ich sage, Du bist es.

Max: Ich küß Dich, bis Du wirst Abbitte leisten.

Gertrud (unter seinen Küssen): Ich will's ja bekennen. Ich bin ja schuld dran. Aber nun, Mäxchen, räumen! Papachen weiß gar nichts?

Max: Das konnte ich nicht wagen.

Gertrud: Auch nicht, daß ich hier bin.

Max: Nein, gar nichts, nein, gar nichts.

Gertrud: Hat's nicht gewagt, Häschen, die Wahrheit zu sagen. Ach, Zischaus!

Max (ihr die Hände küssend): Ach, hätt ich geahnt, daß das Leben so schön ist.

Gertrud: Jetzt paß mal auf, Liebster!

Max: Nun werde ich was hören.

Gertrud (bindet ihm ein grünes Bändchen um das Gelenk): Hier, siehst Du das Bändchen? Damit bind ich Dich fest, und wenn Du dran rüttelst, dann wehe Dir, wehe!

Max: Ich werde mich hüten.

Gertrud (erschrocken): Du, hör nur, sie kommen.

Max: Ach, schade!

Gertrud: Ach, schade!

Max: Ach, hol sie der Kuckuck!

Gertrud: Und wenn's der Papa ist? Ob wir's ihm gleich sagen?

Max: Ja, gleich auf der Stelle

Gertrud: Und Deinen Geschwistern?

Max: Auch gleich auf der Stelle. (Es klingelt.) Herein! Wer ist da? (Er schließt auf.)

Agnes (kommt von links).

Max (ruft ihr entgegen, hochroth im Gesicht): Agnes, Agnes! wir sind verlobt.

Agnes (mit gemachtem Erstaunen): Ach! so?

Gertrud (fliegt in Agnes Arme): Ach Agnes, Agnes! Ich bin ja so glücklich.

Agnes (sie bei jedem Worte küssend): Du liebe, Du kleine, Du süße, neue Schwester, Du.

Adolf (kommt von links): Du, hör mal, Max, der Herr Professor steht unten im Haus mit Löffler und studiert die Tafel.

Max (mit leuchtenden Augen): Adolf, wir sind verlobt!

Adolf (nebenher): Weiß schon, weiß schon! Aber Fräulein Gertrud muß sich verstecken. Sie müssen sich verstecken, Fräulein Gertrud. (In höchster Eile sucht jeder einen Versteck für Gertrud ausfindig zu machen).

Adolf (in der Thür rechts): Hier herein, Kinder! Hier herein! Hier herein! (alle verschwinden in dieser Thür).

(Hinter der Thür links, welche nur angelehnt ist, hört man Murmeln, dann klopfen und wieder murmeln. Jetzt wird geklingelt, darauf die Thür von Löffler aufgedrückt.)

Löffler (zurücksprechend): De Thire is' offen. Aber's is Niemand hier.

Crampton (noch draußen, aufgebracht): Was glauben die Menschen, was soll das heißen, was soll das heißen! Ich kann doch nicht hier auf der Treppe warten. Ich soll mir wohl eine Erkältung holen. Ach vorwärts, vorwärts! Gehen Sie nur, Löffler!

Löffler (kommt ganz herein, gefolgt vom Professor im Radmantel): Was heeßt denn das nu? (Er sieht sich verdutzt um.)

Crampton: Na, da sehen Sie mal, Löffler, das nennt man pünktlich. Wir sind zur Minute da, und sie lassen uns warten. (verdutzt die Umgebung musternd) Erlauben Sie, Löffler!

Löffler (ebenso): Nu ja, Herr Professer! das is och noch merkwürdig.

Crampton (in Gedanken die Worte ziehend): Der Mann, der Mann hat's recht wohnlich.

Löffler: A hat sich beim Herrn Professer a Muster genommen.

Crampton: Ja wohl, es scheint so. (Er thut ein paar Schritte und bleibt vor der gothischen Truhe stehen) Nu hol' mich der Satan!

Löffler: Was meenen Se, Herr Crampton?

Crampton: Erlauben Sie, Löffler, das ist meine Truhe.

Löffler: Ma mecht's wirklich bald globen.

Crampton: Ich werde Akademiedirector, wenn das nicht meine Truhe ist. Ich lasse mich köpfen, ich lasse mich anstellen. (Er läuft umher) Ach, reden Sie, was Sie wollen, Löffler, das sind meine Sachen, die Sie hier sehen, das sind meine Sachen, von oben bis unten. Ich werde doch meine Sachen kennen!

Löffler: Nu sehen Se, da kann ich mir halt nur denken . . . . A reicher Mann is er ja, der Herr Strähler, da werd er halt dies und jenes gekost haben.

Crampton: Erlauben Sie, Löffler, was soll das heißen? Will man mich hier foppen; was? Unerhört! Meine Sachen! Was will dieser Jüngling mit meinen Sachen? Diese Taktlosigkeit wäre einfach empörend. Dieser junge Schüler, dieser Dilettant, dieser blutige Anfänger. Will mich ausrauben? Will sich breit machen, aufspielen, in meinem Studio? J kommen Sie, kommen Sie! Hier bleibe der Kuckuck! Hier male der Kuckuck alte Weiber!

Adolf (kommt ganz harmlos, hinter ihm ein wenig zurückbleibend Agnes) Ich begrüße Sie, Herr Professor! Um Verzeihung, wir wußten nicht, daß Sie schon da wären. Meine Schwester Agnes, Herr Professor Crampton.

Crampton (hat sich mit einem feindlichen Blick nur wenig vor Agnes verbeugt): Pardon, eine Frage: soll ich hier malen?

Adolf: Ich denke doch!? Sie hätten denn etwas dagegen, Herr Professor?

Crampton: Ach wissen Sie, ich hätte wohl nichts dagegen, aber vielleicht ist es Ihnen nicht unbekannt, daß zum Malen vor allem Licht gehört. Wo ist denn das Licht hier? Ich sehe kein Licht. Es ist ja stockfinster hier. Wer soll denn hier malen? Kein Mensch malt doch in einem Kartoffelkeller.

Adolf (bemüht sein Lachen zu unterdrücken): Ja, darauf verstehe ich mich wirklich zu wenig. Ich glaubte mein Bruder....

Crampton: Ihr Bruder, mein Lieber, Ihr Bruder, Ihr Bruder! Das ist für mich keine Autorität. Ihr Bruder ist nur ein bescheidener Anfänger, und ich bin ergraut im Fach, mein Lieber. Und wenn ein Mann, wie ich, Ihnen sagt, dies Studio ist keine drei Pfennige werth, dies Atelier hier ist nicht zu brauchen, so können Sie darauf pochen mein Lieber, so können Sie zwanzig Eide leisten. — Wer sollte denn nun von Ihnen gemalt werden?

Adolf: Ich denke Du, Agnes.

Crampton: Erlauben Sie doch mal, gnädige Frau! (Er bedeutet ihr durch Gesten in das Licht zu treten und fixiert scharf ihr Gesicht) Sie sind nicht besonders malerisch. Was haben Sie da nur gemacht, meine Liebe? Es ist so ein grauer, fettiger Ton. Ich weiß nicht, pflegen Sie aufzutragen? Das würde sich wenig empfehlen für's Sitzen. Wir sind mit der Natur durchaus zufrieden. (Zu Adolf). Pardon... ich habe ein gewisses Interesse... Wie kommt denn Ihr Bruder zu diesen Sachen?

Adolf: Dort kommt er schon selbst. Vielleicht, Herr Professor...

Crampton (um vieles freundlicher ihm entgegen): Guten Tag, mein Lieber, wie ist Ihr Befinden?

Max: Besten Dank, Herr Professor!

Crampton: Ja, sagen Sie blos, was sind das für Dinge? Sie sind wohl ein großer Maler geworden? Das hatte ja Mackart weniger prächtig.

Max: Ach nein, Herr Professor, das ist wohl ein Irrthum?

Crampton: Wieso denn ein Irrthum? Wieso denn ein Irrthum? Sie müssen doch meine Sachen kennen, mein Lieber! Sie haben doch bei mir gearbeitet.

Löffler: Herr Professor, die Sachen war'n amal Ihre.

Crampton: Na ja doch, ja doch! Ich weiß das schon, Löffler. Ein Mensch hat Unglück und wird geplündert. Man hat mich geplündert!

Max: Eh ich's vergesse, Herr Professor. Ich möchte gleich von vornherein eine Frage an Sie richten.

Crampton: O bitte, bitte!

Max: Hier meine Geschwister, Herr Professor, haben mir nämlich zur Feier meiner Entlassung aus der Akademie diesen Raum hier eingerichtet. Nun, Herr Professor, ich bin ein Anfänger. Dieser ganze Prunk bedrückt mich etwas. Ich habe ja auch diese ganze Anlage noch gar nicht nöthig. Da nebenan ist ein hübscher, lichter Raum, der ist wirklich für mich mehr als genügend. Ich möchte natürlich diesen Raum nicht an irgend Jemand abgeben, den ich nicht kenne, aber wenn Sie, Herr Professor, vielleicht sich entschließen könnten, mir ihn wenigstens zeitweilig abzunehmen?

Crampton: Wie abzunehmen?

Adolf: Vielleicht abzumiethen?

Max: Ja, vielleicht abzumiethen.

Crampton: Ach — nun — darüber ließe sich reden.

Max: Wie finden Sie denn das Licht, Herr Professor?

Crampton (eifrig): Das Licht ist gut, — recht gut, lieber Strähler! Nein, nein, dagegen ist nichts zu sagen. Der Gedanke an sich ist mir auch ganz sympathisch. — Was meinen Sie, Löffler? (da Löffler ein langes Gesicht macht) Was soll es denn kosten?

Max: Ja kosten .... kosten .... Das ist meines Bruders Sache.

Adolf: Herr Professor, das werden wir dann schon besprechen. Ich werde es schon nicht zu billig machen.

Crampton (lachend): Wofür sind Sie denn Kaufmann, wofür sind Sie denn Kaufmann! (Max auf die Schulter klopfend) Da sind wir nun also Thüre an Thüre, da könnten Sie ja mein Schüler werden! (Plötzlich stutzig greift er sich an die Stirne) Ja aber, ja aber — es will mir fast scheinen .... (Er tritt an's Fenster, so daß er den Anwesenden den Rücken kehrt) Ich weiß nicht, ich weiß nicht .... (Agnes, Adolf und Max winken heftig nach der Thüre rechts. Dann geht Adolf, um Gertrud herauszuschicken. Er kommt nicht wieder. Gertrud kommt wie der Wind auf den Zehenspitzen herausgeeilt und hält dem Papa von rückwärts die Hände vor die Augen.)

Gertrud (frohlockend): Wer bin ich, wer bin ich!

Crampton: Um Gotteswillen! (in einen Glückseligkeitstaumel gerathend) Mein Kindchen, mein Herzchen, meine kleine Katze, mein Polizistchen, was soll denn das heißen? Was ist denn geschehen? Was treibt Ihr? Was macht Ihr? Ich bin ja von Sinnen!

Gertrud: Ach holdes Papachen! Ach sei mir nicht böse, ich hab mich verlobt!

Crampton (lachend): Hör einer den Schalk! Nun laß das nur gut sein. (Er küßt ihre Finger.) An jedes Fingerchen kriegst Du ein Dutzend. Auf meine Ehre! Und Grafen und Fürsten.

Gertrud: Ich bedanke mich schönstens, ich will keinen Grafen. Ich sag Dir's ernstlich — ich bin schon verlobt. Und siehst Du Papachen: (sie eilt auf Agnes zu, der sie um den Hals fällt) das ist meine Schwester.

Crampton: Du bist schon verlobt? Das ist Deine Schwester? (auf Max deutend) So ist dieser Mensch hier also Dein Bräutigam? (Unter Thränen lachend läuft er umher.) Um Himmelswillen und das will heirathen? Mein lieber Löffler, was sagen Sie dazu? Nicht? Furchtbar komisch! Furchtbar komisch! Und gnädige Frau, Sie sagen kein Wörtchen?

Agnes: Ich sage nur, daß ich mich herzlich freue.

Crampton: Sie freuen sich herzlich? Das freut mich, das freut mich. Da habe ich ja auch keinen Grund zu weinen.

Aber sag blos, Gertrud, Du kleines Geschöpfchen. Wie kommst Du denn nur auf solche Ideen? (zu Max) Und Du mein Junge, was soll denn das heißen? Nun kommt nur, nun kommt nur. Mein Segen, Kinder, kostet zwei Pfennig. (Er hat Beide in den Armen.)

Crampton (Gertrud loslassend, nur Max an der Hand haltend): Nun sag mal, mein Junge, wie heißt Du?

Gertrud: Max heißt er!

Crampton: Max also, nun gut. Ich will Dir was sagen. Nun hole der Teufel die Semmelwochen! Jetzt müssen wir schuften, Max, wie zwei Kulis! (Läßt ihn los, eilt zu Löffler, überwältigt vor Rührung.) Max heißt der Dummkopf, nun sagen Sie, Löffler! (Er läuft umher.) So'n dummer Kerl! So'n dummer Kerl!